스위트 히어애프터

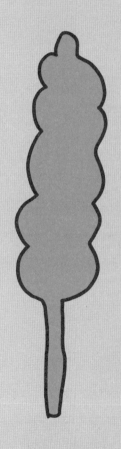

스위트 히어애프터

SWEET HEREAFTER ● 요시모토 바나나 ● 김난주 옮김

민음사

차 례

스위트 히어애프터

* 이 작품에 인용된 동요 「모닥불(たき火)」(작곡 와타나베 시게루(渡辺茂), 작사 다쓰미 세이카(巽聖歌))은 사용 협의를 위해 저작권 관리자를 확인 중입니다.

Lover, Lover, Lover

아버지에게 빌었지.

"아버지, 제 이름을 바꿔 주세요."

지금 쓰는 이름은 얼룩져 있네.

공포와 배덕과 두려움과 수치로.

Lover, Lover, Lover, Lover, Lover,

사랑하는 이여 사랑하는 이여 내게 돌아오기를.

Lover, Lover, Lover, Lover, Lover,

사랑하는 이여 사랑하는 이여 내게 돌아오기를.

그분이 말하길 "나는 너를 육체 안에 가두었지.

그건 일종의 시험이야.

너는 그걸 무기로 사용할 수도 있고

또 여자를 미소 짓게 할 수도 있을 거다."

Lover, Lover, Lover, Lover, Lover,

사랑하는 이여 사랑하는 이여 내게 돌아오기를.

Lover, Lover, Lover, Lover, Lover,

사랑하는 이여 사랑하는 이여 내게 돌아오기를.

"그럼 처음부터 다시 시작하게 해 주세요." 나는 외쳤지.

"제발 처음부터 다시 시작할 수 있게.

이번에는 아름다운 얼굴을 주세요

평화로운 영혼을 주세요."

Lover, Lover, Lover, Lover, Lover,

사랑하는 이여 사랑하는 이여 내게 돌아오기를.

Lover, Lover, Lover, Lover, Lover,

사랑하는 이여 사랑하는 이여 내게 돌아오기를.

그분이 말하길

"나는 널 외면하지 않았어.

버리지도 않았고.

사원을 지은 것은 너 자신

내 얼굴을 가린 것도 너란다."

Lover, Lover, Lover, Lover, Lover,

사랑하는 이여 사랑하는 이여 내게 돌아오기를.

Lover, Lover, Lover, Lover, Lover,

사랑하는 이여 사랑하는 이여 내게 돌아오기를.

내게 돌아올 수 있어, 행복할 때도

돌아올 수 있지, 비탄에 잠겨 있을 때도

내게 돌아올 수 있지, 굳건한 믿음이 있어도

돌아올 수 있어, 믿음이 없어도

Lover, Lover, Lover, Lover, Lover,

사랑하는 이여 사랑하는 이여 내게 돌아오기를.

Lover, Lover, Lover, Lover, Lover,

사랑하는 이여 사랑하는 이여 내게 돌아오기를.

이 노래의 영혼이

순수하고 자유롭게 피어올라

모두의 방패가 되기를

적에게서 몸을 지키는 방패가 되기를

Lover, Lover, Lover, Lover, Lover,

사랑하는 이여 사랑하는 이여 내게 돌아오기를.

Lover, Lover, Lover, Lover, Lover,

사랑하는 이여 사랑하는 이여 내게 돌아오기를.

Lover, Lover, Lover, Lover, Lover,

사랑하는 이여 사랑하는 이여 내게 돌아오기를.

Lover, Lover, Lover, Lover, Lover,

사랑하는 이여 사랑하는 이여 내게 돌아오기를.

—「Lover, Lover, Lover」, Leonard Cohen
앨범 「Songs from the Road」에서

배에 쇠막대기가 푹 꽂혀 있는 것을 봤을 때, 이런 틀렸네, 이제 죽겠어, 하고 생각했다.

그리고 그 막대기가 전체적으로 살짝살짝 녹슬어 있다는 것이 유난히 마음에 걸렸다. 본능이란 정말 굉장하다. 그 상태에서는 쇠가 녹슬었든 반짝이든 아무 상관없었을 텐데.

그런데도 생리적으로 거부감이 느껴지면서 '와, 이거 녹슬었잖아, 큰일이네.' 하고 처절하게 생각했던 기억이 있다. 아주 천천히 그렇게 느꼈다.

그때 나는 아직 스물여덟 살, 인생이 거의 영원히 계속될 것만 같은 심정이었는데, 그 압도적인 광경은 모든 것의 기본에 있는 '죽음은 바로 가까이에 있다.'라는 진실을 여지없이 보여 주었다. 뭐야, 바로 코앞에 있었잖아, 그렇게 느꼈다.

그리고 꽂힌 쇠막대기는 내 몸에서 빠졌지만, 그 감각은 빠져나가지 않았다.

각각 도쿄와 교토에 살면서 장거리 연애를 하던 연인 요이치가 운전하는 차를 타고, 그의 아틀리에가 있는 가미가모로 돌아가는 길에 생긴 사고였다.

여름의 끝, 구라마 온천에서 돌아가는 길, 온천물이 뜨거워서 몸도 식힐 겸 고즈넉하고 나무 냄새가 싱그러운 기후네에 들렀다 가기로 했다. 가모 강 강변 경치가 아름답고 웅장하게 펼쳐질 때즈음이었다.

요이치가 그의 인생에서 가장 존경하고 좋아하는 사람은 레너드 코헨이라는 캐나다의 싱어송 라이터, 그때도 차 안에는 그 가수가 부른 라이브 음반의 낮고 매력적인 목소리가 울려 퍼지고 있었다. 곡은 「Lover, Lover, Lover」였다.

우리에게는 늘 있는, 아주 흔한 하루의 장면이었다.

우리 사이에는 언제나 공간이 있었다. 풍성하고 여유롭고 넉넉하고 푸근한 장소. 이렇게 살아 있는 남자와 여자가 어떻게 그런 공간을 그만큼 잘 키워 왔는지 신기할 정도였다. 서두르지 않고, 조금씩 물러나고 나아가면서, 두 사람 손으로 애지중지 둥글둥글 키웠다. 수플레처럼, 빵 반죽처럼.

그런데, 반대 차선에서 졸음운전을 하며 달려오던 차를 미처 피하지 못한 우리는 강가를 향해 거의 반쯤 추락했고, 차는 전복되었다.

머리를 부딪치고, 눈으로 피가 흘러 들어와서 보이는 것이 전부 빨갛고, 그리고 배에는 쇠막대기가 꽂혀 있었다. 그가 작품 소재로 쓰려고 차에 실어 놓았던 그 쇠막대기…….

요이치는 괜찮을까, 우리 둘 다 죽는 걸까, 그러니까 역시 차에다 쇠막대기를 싣는 게 아니었는데. 그때 그런 생각을 했다.

그리고 마지막으로 떠올린 것은 무엇과도 바꿀 수 없는 단 한 가지 바람뿐이었다.

아직도 귀에는 레너드 코헨의 나지막하고 감미로운 목소리가 울리고 있었다. 나는 그저 반사적으로, 조용히 그리고 서둘러 기도했다.

'이런 일이 생겼으니 어쩔 수 없네요. 나는 이제 죽어도 괜찮으니까, 아무쪼록 요이치가 무사하기를 빌게요. 지금 내게 목숨이 한 조각이라도 남아 있다면, 그것마저 전부 그에게 줄게요. 이 목숨으로, 이 눈으로 많은 것을 보아 왔어요. 멋진 경치와 수많은 순간을. 나는 줄곧 지붕 아래서 잠들었고, 좋은 부모님을 만나 매일 신나게 웃고 먹고, 다소 무리를 해도 별 이상 없을 만큼 몸도 건강했어요. 감사합니다. 그러니까 요이치는 살아 있기를.'

그때 의외로 '나만은 살고 싶다.'라는 생각은 조금도 들지 않았다는 사실이 오래도록 내 마음을 위로해 주었고, 결과적으로 내 목숨을 구했는지도 모르겠다.

나는 그의 부모라도 된 것처럼, 오직 그의 생명을 생각했다.

그 마음의 부드러운 햇살 같은 감촉을 잊지 못한다.

흔히 하는 얘기지만, 나는 그 후 잠시 반짝반짝 매끄럽게 빛나는 하얀 것에 싸인 한없이 아름다운 세계에 머물러 있었다.

뭘 해도 빛이 나고, 멍하고 노곤한 기분으로 언제든 콧노래를 흥얼거리고 싶은 최고의 컨디션이었다.

몸으로 느끼기에는 반년 정도 있었던 것 같은데, 실제로는 아주 짧은 순간에서 며칠 정도였으리라고 생각한다.

거기에 있는 내내, 오래전에 죽은 강아지가 한시도 내 곁을 떠나지 않았다.

그 따스한 털에 얼굴을 묻을 수 있어 행복했다.

아, 난 역시 죽었나 보네. 하지만 이 따뜻함이 반기고 지켜 주는 가운데 지금 여기 있잖아. 하늘도 아름답고. 그러면 됐지 뭐. 깊이 생각할 거 없어. 그렇게 생각했다.

눈을 감고 드러누워, 오래오래 강아지의 냄새를 음미하고 싶었다. 그 어떤 마약이나 술보다 달콤하고 감미로운 냄새. 순간순간이 사랑스러워 이 상황이 영원히 계속되어도 좋다고 생각했다. 분홍색 피부, 따스하고 포근한 그 감촉. 뭐야 이 녀석, 여기 살고 있었구나, 다행이야. 그렇게 깊이 안도했다.

강아지가 죽었을 때, 그렇게 슬퍼해서는 안 되는 거였네. 슬퍼하면 슬픈 색이 여기 하늘에, 공기에 흘러들고 만다. 그렇게 실감했다. 우리 참 즐거웠지, 시간을 공유했고 같이 산책도 했고, 정말 잘 지냈어. 그런 마음이면 되는 거였다.

요이치도 내 죽음을 슬퍼하지 않았으면 좋겠어. 아빠 엄마도 그렇고. 나는 진심으로 그렇게 생각했지만, 그 감각은 현실감 없이 그저 예쁘고 맑고 희미했다.

그 세계의 하늘은 언제나 오로라처럼, 무지개처럼 신비로운 색이었다.

모든 것이 아침이나 저녁노을처럼, 생명의 반짝임으로 은근하게 타오르고 있었다. 맑고 상쾌한 바람이 부드럽게 살랑살랑 스치고 지나가 나무들이 흔들리면, 솜털이 바람에 날리듯 뭔지 모를 반짝이는 것이 사방으로 화르르 퍼졌다. 그 풍경은 만화경처럼 매일 모양이 바뀌어 며칠을 두고 봐도 싫증 나지 않았다. 정말 아름답네, 하고 생각했다.

하지만, 그러던 때, 죽은 할아버지가 불쑥 맞으러 왔다.

산 쪽에서 이리로 뻗어 있는 외길에서 다가오는 할아버지의 오토바이를 봤을 때, 꿈인 줄만 알았다. 있을 수 없는 일이었다. 그렇게 좋아했던 할아버지를 다시 만날 수 있다니.

거기에서 내 가슴속은, 내가 죽었는지 살았는지, 혼자인지 아닌지 생각할 겨를도 없을 만큼 아무튼 아름다움으로 가득 차 있었다.

뒤에 타라면서 할아버지가 할리 데이비슨의 뒷자리를 가리켰다.

헬멧이 없어서 싫다고, 그리고 이런 거 타기 이제 무섭다고 했지만, 장난꾸러기였던 할아버지는 히죽히죽 웃으면서 내 말을 들어주지 않았다. 그러고는 넌 돌아가면 하루에 열 번쯤 롤러코스터 타면서 훈련 좀 해야겠다, 하면서 나를 억지로 뒷자리에 태웠다. 또 만나러 올 거니까 기다려, 하고 강아지를 몇 번이나 꼭 껴안고 그 냄새를 맡았다. 그리고 할아버지 등에 매달렸더니, 이번에는 그리움이 북받칠 만큼 할아버지 냄새가 났다. 반가워서 눈물이 나왔다.

"살아 있다는 거, 그것만으로도 너무 굉장해서 눈물이 흐르는 일뿐이네요."

그렇게 말했더니 할아버지는 "네 말이 맞다." 하고 말했다.

"사요코, 보통은 맞으러 온 애완동물과 함께 무지개다리를 건너 천국으로 가는 게 맞는데 말이야. 인터넷으로 검색해 보거라. 그런데 넌, 무지개다리 언저리에서 어정거리고만 있으니. 덕분에 할아버지가 찾기는 했다만."

"동물이 사람보다 좋은 걸 어떡해요."

나는 말했다.

다시 느끼는 할아버지 가죽점퍼의 싸늘한 감촉과 냄새를 정겨워하면서.

"속세에서 좀 더 수행을 하고 오렴. 그 사람이 훌쩍 떠나서 못 만난 건 어쩔 수 없는 일이야. 정신 똑바로 차리고. 살아 있는 것만으로도 좋으니까 살아야 해. 꼭 쓸모 있는 일만 해야 되는 건 아니란다. 아빠 엄마도 잘 챙기고. 배에 힘을 줄 수 없어서 한동안은 괴로울 거야. 또 그 괴로움은 순간적으로 격렬하게 왔다 가는 게 아니라, 천천히 밀려오는 거라서 정신적으로도 굉장히 힘겹겠지.

하지만 이 경치를 기억하고, 이 좋은 기분을 소중히 여기도록 해. 그런 것이 네 깊은 곳에서 버팀목이 되어 줄 테니까."

할아버지가 무슨 소리를 하는 거지? 그때 영문을 모르는 나는 그저 멍하고 슬펐을 뿐이었다. 그 장소에서 감정은 그렇게 확실하지 않고, 모든 것은 다만 희부옇고 아름다웠다.

산을 따라 한없이 뻗은 길을 지나 강까지 내려갔다.

바람은 하와이처럼 부드럽게 살랑거리고, 하늘은 분홍색의 변주를 보이며 이리저리 흔들리는 오로라처럼 빛났다. 끝도 없이 멀고 느릿하게.

정말 아름다운 곳이네, 하고 나는 아득한 기분으로 생각했다. 지금이 영원히 계속되면 좋을 텐데, 기온과 바람에서부터 눈에 들어오는 모든 것이 쾌적하고, 아무튼 하나에서 열까지 기분 나쁜 것이 없었다. 오직 황홀한 장소였다.

할아버지가 돌아가셨을 때, 나는 초등학교 6학년이었다.

매일을 울고 또 울었다. 목은 갈라지고 학교에 갈 수

없을 정도로 눈도 부어 담임 선생님이 상황을 보러 찾아오기도 하고 반 친구들이 손을 잡고 같이 학교에 가 주기도 했다.

멋지고, 믿음직스럽고, 가죽점퍼와 할리 데이비슨이 어울리는 조각가 할아버지. 할아버지가 작업하는 아틀리에에는 언제든 아이들이 놀러 와 있었다. 할머니는 아이들에게 과자를 주었고, 할아버지는 아이들이 조각을 마음껏 만져도 아무 소리 하지 않았다. 때로는 사소한 도움도 청하고, 뭘 사 오라고 심부름도 시켰다. 모두가 할아버지와 있는 것을 좋아했다.

내가 조금이라도 우울해하면, 할아버지는 나를 뒤에 태우고 이웃 동네에 있는 사우나에 데리고 갔다. 노천탕에 들어가도 보이는 것은 도쿄 변두리의 어설픈 녹음뿐이었지만, 그 경치는 깊은 산속의 그 어떤 온천보다 나를 치유해 주었다. 하코네까지 간 적도 있었다. 오토바이를 오래 타 온몸이 욱신거렸지만 눈앞에 보이는 경치는 현장감에 넘치고 아름다웠다.

할아버지가 자리보전을 한 후에도 나는 할아버지를 좋아했다. 할아버지는 마지막까지 자신을 자신으로서 인정하고, 무슨 일이 생기면 할아버지를 생각하라고 몇 번이나 말했다.

그 무렵의 나는 삶과 죽음이 이렇게 가까이에, 같은 공간에 종이 한 장 차로 있을 줄은 꿈에도 몰랐다.

그런 생각을 하면서 할아버지 등에 기대 있는 사이에 나의 의식이 사라지고 말았다.

이 세상에서 번뜩 눈을 떴을 때, 나는 온통 아픈 육체 속에 묵직하게 돌아와 있었다. 온몸이 납덩어리처럼 무거워 견딜 수가 없었다. 말을 하는 것조차 무겁고, 손가락을 움직이는 것도 온 힘을 다해 애써야 할 정도여서, 지구로 돌아온 우주 비행사의 중력에 관한 인터뷰가 선명하게 떠올랐다.

"어, 할아버지는?"

의식이 돌아온 내 입에서 나온 첫 말이 그래서, 부모님이 소스라치게 놀란 것 같다.

요행히 쇠막대기가 급소를 비켜 박힌 덕분에 나는 장

을 약간 잃었을 뿐 멀쩡하게 살아 있었다. 말이 약간 잃은 것이지, 내장은 내장이니 정말 힘들었다. 할아버지 말대로 말로 다할 수 없을 정도로 힘겨운 과정을 지나 회복으로 향했다. 한때는 두 번 다시 원래 자리로 돌아가지 못할 만큼 몸 상태도 엉망이 되었지만, 아무튼 목숨은 남아 있었고 서서히 되살아났다.

그리고 서른이 되었을 무렵에는 정상적으로 생활할 수 있게 되었다.

몸은 한 차례 사포질을 한 것처럼 깎여 나가 거의 다른 사람 꼴을 하고 있었다.

모두들 나를 볼 때마다 "이렇게 변하다니, 기억을 잃었으니." 하거나 "임사 체험 탓이지." 하고 갖가지 말을 하는 통에 재미있었다.

머리 부상은 깔끔하게 갈라진 게 오히려 다행이었는지, 일부에 머리가 나지 않아 프랑켄슈타인처럼 삐죽빼죽한 선이 생겼지만, 표면상 뇌에는 별문제가 없었다. 하지만 결국 여러 가지 문제가 생겼는데, 그것이 지금부터 할 얘기이다.

내 마지막(이라고 나는 생각했다.) 바람은 이루어지지 않아, 요이치는 그 자리에서 바로 죽었다.

　할아버지가 말한 대로.

　요이치는 당당하게 살면서 많은 작품을 남기고, 나와 깊이 사귀고, 친구도 많이 만들고, 미련 없이 홀쩍 저 세상으로 가 버린 것 같았다.

　그의 시신을 보지 못한 나는 몹시 어정쩡했다.

　물론 무덤이 있고, 그의 집에는 제단도 있다. 우리 집에도 그의 집에도 사진이 있다. 더는 이 세상 사람이 아니라는 느낌의 사진이.

　얼마 전에도 그의 집에 볼일이 있어 다녀왔다.

　며느리가 되기 전이었는데도, 그 집에서는 나를 죽은 아들의 아내로 대했다.

　"어서 와라. 덥지?"

　요이치의 어머니가 현관에서 맞아 주었다.

　우리 엄마보다 조금 나이가 많은 요이치의 어머니는 늘 마 원피스를 입고 있다. 시원스러워 보이는 맨발에 슬리퍼를 신고 타닥타닥 복도를 걸어간다. 그럴 때마다 '늘 그렇듯'이라고 말하고 싶어진다.

그가 태어나고 자란 거실, 그가 언제나 앉았던 소파 옆에 앉아 어머니가 차려 준 시원한 차를 마시고 요즘 얘기를 하다 보면, 그가 없는 지금의 공간에 조금씩 익숙해져 가는 자신을 느낀다. 모두들 그가 없는 인생에 쉽게 적응하지 못하고 있지만, 없는 현재에는 익숙해져 가고 있다. 그렇게 순서를 억지로 뛰어넘은 듯한 느낌이다.

저녁때가 되면 그의 아버지가 돌아온다.

이미 정년이 지났지만 근무하던 잡지사 일을 거들러 나가, 아트 관련 전문 잡지 만드는 일을 하고 있다. 아직도 건강해서 요이치가 조금 늙어 머리가 쇠었을 뿐인 것처럼 아주 닮았다.

다른 어느 곳보다 안심할 수 있고 즐거운 시간이었다. 오기를 정말 잘했는데, 나는 그런 말은 꺼내지 못하고 "기리시마에서 열리고 있는 전시회 기간이 연장되었어요. 계약서를 다시 써서 들고 가야 하는데, 일정이 맞으면 같이 가실래요?" 그런 실무적인 얘기를 한다. 그런 것밖에 할 얘기가 없는 것도 분명하지만 그들은, 그리고 그들에게 나는, 다른 누구와도 공유할 수 없는 소중한 것을 공유하고 있는 사람들이었다.

"그렇군. 그럼 다 같이 갈까."

아버지가 편한 옷으로 갈아입고 나와 다 함께 한 회사를 꾸려 나가는 것처럼 평화로운 미팅이 이어진다. 그의 작품이 여전히 생명을 지니고 있고, 그 생명을 유지하기 위해 모인 자리이기에 있을 수 있는 평화다.

이제는 만날 때마다 서로가 눈물을 참지는 않는다. 울지 않기 위해 참거나 억지를 부리지도 않는다. 당시처럼 누군가가 괜찮으면 누군가가 엉망이어서, 견디지 못하고 교대로 오열하지도 않는다. 다만, 각자의 입장에서 힘겹게 쌓아 온 시간을 서로가 차분하게 나눌 뿐이다.

"그럼, 초가을 무렵에 규슈 여행 하는 걸로 결정하죠."

그런 대화를 스스럼없이 나눌 수 있을 정도로, 우리는 이미 가족이었다.

그가 죽은 후, 원래부터 예의를 지키면서도 가까웠던 우리들 사이는 그가 남긴 작품을 지키는 일을 통해서 점차 투명하고 아름다워졌다. 조화나 시든 꽃이 아니라, 새로이 수반에 꽂아 사랑으로 가꿔지는 꽃처럼.

"오늘은 자고 가지 그러니, 늦게까지 한잔하게. 내일은 아침 일찍 서두르지 않아도 되지?"

어머니가 진심으로 그렇게 권하고 아버지도 싱글벙글 하기에 "그럼, 말씀대로 자고 갈게요." 하고는 그 밤은 그리운 마음에 묵기로 했다.

그의 집은 다소 외곽에 있기 때문에 좀 느긋하게 있다 보면 전철이 끊어지고 만다.

그의 어머니가 만든 된장국과 그가 좋아했던 계란말이를 먹고, 그의 아버지와 웃으면서 정종을 마셨다.

그가 이 집에 있었을 때와 똑같은, 여느 때의 안주와 여느 때의 텔레비전 프로그램.

공유한 시간의 길이가 우리들의 친밀감을 북돋아 편안한 시간을 마음껏 지냈다.

그의 아버지와 어머니의 눈동자 속에는 그를 대신하는 사람처럼 내가 비쳐 있었다.

두 사람은 무슨 말을 할 때마다, 와 줘서 고맙다고 꾸밈없는 마음으로 몇 번이나 중얼거렸다.

그리고 그들 안에는 나의 그 사람도 있었다.

그들의 손, 몸짓, 눈의 움직임, 피부의 질감. 모든 것이 확실하게 그 사람의 일부였다.

그들과 지낼 때만 나는 시간을 멈추는 것을 허락받은 듯한 기분이 들었다. 그리고 여러 면에서 쓸모가 없어진 자신이 그들에게 진심 어린 도움을 주고 있는 듯한 기분도 들었다.

"끝내 2년이 되었구나. 다음 달에는 그 아틀리에도 접어야 하니."

어머니가 말했다.

"네, 정리는 거의 다 되었어요. 작품은 이쪽에다 창고를 빌려 보관하기로 했어요. 운반도 기본적인 관리도 창고 업자에게 맡기기로 했어요."

"그러게. 그 아틀리에를 마냥 빌릴 수는 없겠지. 다음 작가가 사용할 수 없으면, 요이치도 마음이 편치 않을 테니 말이다. 하지만 난 사실, 사요코, 네가 계속 거기를 관리해 줬으면 싶었다. 순식간에 2년이 지났어. 아직도 악몽을 꾸고 있는 기분인데, 이렇게 아무 일 없었던 것처럼 살고 있다니, 믿기지 않는구나."

어머니가 눈물을 글썽이며 말했다.

"앞으로도 작품 관리는 제가 쭉 할 거예요. 이제 그만 하라고 하셔도 연락할 거고요. 앞으로도 잘 부탁드릴게요."

나는 미소 지었다.

나야말로, 의지처가 되고 있는 그 장소가 없어지면 어떻게 될까, 하고 생각하면서. 지금은 아직 교토와 오가는 끈을 놓지 않고 있지만, 아틀리에가 없어지면 관광객으로 가야 한다. 어떤 느낌일까? 그때 나는 역 앞에서 북쪽으로 향하는 버스를 타고 눈물을 흘리게 될까? 아니면 그저 감회에 젖을까?

전혀 예상할 수 없었다. 그때의 자신이 어떻게든 하리라는 생각 외에는.

그의 방에 이부자리를 깔고서 술에 취한 채 샤워를 하고는 잠이 들었는데, 밤중에 문득 눈을 떴다. 그리고 어? 하고 생각했다.

그가 없다. 왜 없지?

그런 때에만 어둠이 돌아온다.

하지만 요즘은 어둠에 둘러싸인 순간의, 생명이 발하는 기운 속에 자연스럽게 녹아들게 되었다. 언젠가는 나도 저세상에 가겠지만, 거기는 내가 이미 아는 곳이다. 그립고 아름다운 것들로 가득한 장소. 그 기억을 떠올리면 마음이 차분해진다.

그의 방에서 나는 그의 어린 시절에 안긴 것처럼 푸근해진다. 어둠 속에 희미하게 떠오르는 것은 그가 학생 시절에 쓰던 책상과 오래된 옷장. 젊은 날의 그는 어떤 기분으로 이 방을 바라보았을까, 생각해 본다. 내가 없었던 시절의 그가 내 아이처럼 사랑스러웠다.

허전하네. 나는 그저 그렇게 중얼거리고는 더 이상은 울지 않고 잠든다.

허전하지만, 이런 상황이 지금이니까 어쩔 수 없잖아. 주문을 외듯 그렇게 몇 번이나 중얼거린다.

아침에 일어나자 집안이 향긋한 커피 냄새로 가득했다. 어머니는 버터를 듬뿍 넣은 오믈렛을 만들고 있고, 아버지는 벌써 출근한 뒤였다.

"잘 잤니?"

그의 어머니가 나직하고 부드럽게 말하는 그 말을, 그 역시 헤아릴 수 없도록 많이 들었을 것이다.

"네, 푹 잘 잤어요. 아직도 다른 곳에서는 편히 못 자는데, 여기서는 푹 자게 되네요."

나는 말했다.

"가끔 여기 와서 충전하고 가. 우리도 외로우니까."

어머니가 말했다.

"앞으로 결혼해서 아기가 생기더라도, 꺼리지 말고 놀러 와 줬으면 좋겠구나. 사요코는 우리 식구고, 사요코 생명 안에 요이치가 아직 있잖아. 이거, 진심으로 하는 말이야. 아버지는 그런 말 하면 안 된다, 사요코가 새로운 인생을 사는 데 부담을 느낄 거다, 우리가 얼마나 외롭든, 사요코는 요이치를 잊는 게 좋다, 그렇게 말하지만. 만약 사요코가 갓난아기를 데리고 찾아 주면, 우리는 마치 우리 손자처럼 귀여워할 테고, 또 그 성장하는 모습을 볼 수도 있잖겠니. 지금 내게는 그게 미래이고 희망이란다. 사요코가 우리 딸로 있어 주는 게 살아 있다는 증거야. 아버지는 내 심정을 모를 거다. 하나밖에 없는 아들을 잃은 어미 마음을. 이 나라 저 나라 날아다닌 데다 교토에서 산 날도 오래라 집에서 지낸 시간이 많지 않은 아이였지만, 이 세상에 없다는 것과는 얘기가 전혀 다르지. 앞날의 낙이 전부 사라져서 아직도 어쩌면 좋을지 모르겠어."

어머니는 몇 번이나 그런 얘기를 했다. 자신이 견디고

있는 무게를 번번이 변명 삼으면서도 말이 끊이지 않았다. 하지만 그래서 짜증스럽지는 않았다. 이렇게 미묘한 입장에 있는 나를 잡고 놓아주지 않아 오히려 내가 불행해하지는 않을까 하고 그의 부모님은 늘 걱정했다.

"저도 두 분을 무척 의지하고 있어요. 그러니까 걱정하지 마세요. 저도 두 분을 뵙고 이렇게 얘기할 수 있기를 진심으로 바라고 있어요."

이렇게 솔직한 사람들에게서 태어나고 자랐기 때문에 그의 작품들도 성장할 수 있었다고 생각지 않을 수 없다.

상속 절차를 밟는 서류에도 내 이름이 정식으로 올라 있으니까 나는 평생 그의 작품을 지켜 나갈 것이다. 우리 부모님은 처음에는 그 점을, 과거를 질질 끌고 가는 슬픈 일이 아니냐고 생각했지만, 지금은 고맙게 여기고 있다. 본의 아니게 삶의 의미를 잃은 내가 보람을 느끼며 빠릿빠릿하게 일하고 있기 때문이다.

그의 작품을 누구보다 사랑한 나는 그 일을 명예롭게 생각하고, 나의 인생은 그 과거를 빼놓고는 얘기할 수 없으니, 모든 것이 다 잊어야 할 상처가 아니었다.

우리 부모님은 그가 하는 일과 수입, 생활 방식 모두가 불안정하다는 이유로 우리의 결혼을 반대했다.

쇠와 나무를 엮어서 제작하는 그의 작품은 오히려 해외에서 반응이 좋아, 전 세계의 여러 공원과 미술관에 상설 전시되고 있지만, 일본에서는 아예 무명이고 그가 이탈리아에 유학했을 당시 사사하던 저명한 조각가도 일본에는 알려지지 않은 사람이었다.

부모님은 우리가 사귀는 것을 어쩔 수 없이 인정하고 있었는데, 교토에 사는 일본화 화가가 자기 소유의 천장이 높은 아틀리에를 갑자기 요이치에게 거의 무료로 빌려주기로 하는 바람에 그가 도쿄를 떠나게 되자 자연스럽게 헤어지게 될 줄로 여겼던 것 같다.

그러는 편이 편할 것 같아 나도 굳이 아무 말 하지 않았다. 영어를 할 수 있는 내가 그가 하는 일의 사무적인 작업을 줄곧 거들고 있다는 것도 딱히 말하지 않고 있었다.

교토의 응급 병원에서 불쑥 연락이 온 것만 해도 놀랄 일인데, 그와 교제를 계속하고 있었다는 것을 알고서 부모님은 놀라고 또 화도 났을 것이라고 생각한다.

내게 매달려 오열하는 요이치 부모님의 모습을 보고서, 그의 아버지까지 엉엉 우는 것을 보고서, 우리 부모님은 모든 것을 깨달았다.

번거로운 일은 그의 죽음이 모두 해결해 주었다.

정신을 차리고 보니 나는 연인이 죽어 몸과 마음에 상처를 입은 여자로 묘하게 몸값이 올라가 있었다. 일단 혼자 살던 방을 빼 집으로 돌아갔다. 오래도록 계속했던 이탤리언 레스토랑의 아르바이트도 입원과 재활 치료 때문에 장기 휴가를 낸 동안 가게가 문을 닫아, 아무튼 순식간에 아무것도 없는 백지 상태의 사람이 되고 말았다.

절망에 빠져 있지는 않았다. 그럴 수가 없는 나날이었다.

인생이 이렇게 백지가 되는 기회를 얻는 사람이 이 세상에 과연 있을까?

그가 없다는 사실은 물론 생각할 수 없을 정도로 슬펐다. 하지만 그 슬픔의 시기를 지나자 돌연, 투명하고 텅 빈 느낌이 찾아온 것은 예상 밖이었다.

지금은 그 밑바닥을 헤맸던 시기와 몸 상태를 도무지

떠올릴 수 없을 만큼 잊고 말았다. 머리를 다쳤기 때문에 이런 변화가 왔다고 확신할 정도로 싹 다 잊고 말았다.

기운을 되찾자마자 나는 그의 부모님의 부탁으로 그가 남긴 작품과 그가 쓴 책을 관리하기 시작했다. 사귈 때부터 그의 작품을 관리하고 있던 나 이상으로 그의 작품 리스트를 잘 파악하고 있는 사람이 없었기 때문이다. 그래서 겨우 나는 백지 상태에서 벗어났다. 입원 중에 일자리를 잃은 나는 할 수 있는 일이 있다는 사실이 정말 고마웠다.

메일을 주고받으며 처리할 수 없는 사무적인 일거리는, 한 달에 한 번 정도 교토에 내려가 아틀리에에 들러 청소도 하고 환기도 하는 길에 도쿄로 가져와 처리했다. 나는 아틀리에를 조금씩 정리하고, 그의 부모님과도 연락을 주고받으면서 국내외의 광장과 공원, 그리고 미술관에 설치된 그의 작품에 관한 자료를 앞으로도 관리하기 수월하게 체제를 갖춰 나갔다.

마지막으로 그 아틀리에를 소유주에게 돌려주고 나자, 그의 어머니는 만약 아들의 작품이 팔리면 그 수입은 전액 내게 지불하며, 폐가 되지 않는다면 작품 명의도 모두 내 소유로 해도 좋다는 서류를 준비해 주었다.

처음에 그 일은 유령의 일, 그 아틀리에는 유령의 것이었다. 그곳을 드나드는 나 역시 절반은 유령이었고, 일도 이 세상 일이 아니었다.

하지만 작품은 여전히 여기저기의 공원과 호텔 로비와 미술관 정원에 살아 있는 탓에 조금도 허망하지 않았다. 그가 창조한 작품들은 하나하나 그 사람의 색을 입고 생명의 빛을 강경하게 주장했다. 그리고 그런 작품들을 더듬는 것만으로도 일이 현실로서 점차 자리잡아 갔다.

그의 작품이 그인 것은 아니다. 하지만 생명을 지니고 지금의 현실과 죽은 그를 이어 주었다. 나는 거기에 에너지의 흐름이 있는 듯한 기분마저 들었다. 마치 살아 있는 생물처럼. 그의 작품은 우리 둘의 자식이며, 키우는 강아지처럼 그게 존재하는 곳에 살아 있는 사랑스러운 것이었다.

그 좋은 기분을 뭐라 설명하면 좋을까⋯⋯. 나는 그의 방에 다시 가면 눈물을 펑펑 쏟으며 울 것이라 각오하고 있었다.

실제로도 처음 1년은 울고 또 울었다.

그가 죽은 후 그의 어머니와 함께 처음 아틀리에에 갔을 때, 개인적인 물건들은 거의 정리되어 있었다.

그렇게 한 것은 나를 위한 배려가 틀림없었지만, 모든 것이 슬퍼서 그가 즐겨 쓰던 커피 잔으로 한 시간이나 걸려 커피를 마시며 울었다. 같이 원두를 사러 갔던 추억까지 억지로 삼키는 느낌이었다.

그의 어머니 뒷모습이 그를 너무 닮은 것도 좋지 않았다.

창밖으로는 산들이 보였다. 다이몬지 산도 보였다. 동네 학교에서 아이들 목소리도 평소대로 들려왔지만, 나는 문득 깨달았다.

들리는 소리는 같아도 아이들은 같지 않다는, 졸업하거나 입학하면서 분명하게 바뀌고 있다는 것을. 나의 세포 역시 그때와 다르게 거의 바뀌어 있다. 그러니 지금은 지금인 것이다. 그렇게 생각했다.

내 영혼 역시 알고 있었으리라. 둘은 결혼할 수 없고 함께 나이를 먹을 수도 없다는 것을. 그가 앞서가게 되리란 것을.

둘이 있으면 어딘가 모르게 허망한 느낌이 맴돌았고,

서로를 왠지 모르게 멀게 느꼈기 때문에 거의 싸운 적도 없었다. 알고 있었기에 그렇게 평온함이, 후회 없는 축적이, 풍요롭고 행복한 공간이 있었던 것이다.

다음부터는 꼭 혼자 와야지, 그때 나는 이를 악물 듯이 그렇게 결정했다.

여기가 나의 새로운 일터, 너무 애쓰지 않는다, 하지만 도망치지도 않는다. 그렇게 고요한 결의가 나를 채워갔다.

그 후에도 교토에 가면 물론, 문득문득 눈물을 흘리는 적은 있었다.

저녁에 목욕탕에 갔다가 돌아오는 길, 금색으로 빛나는 빛 속을 어슬렁어슬렁 걷다 보면 집에 당연히 그가 있을 듯한 착각에 빠졌다. 그런 때.

마음이 아프고 간질간질한 것 같은 그 특유의 감촉 속에서 몇 번이나 상상할 수 있었다.

계단을 올라가면 문 안쪽에서 방방 울려 퍼지는 음악

소리가 들린다. 어차피 문은 잠겨 있지 않다. 나는 문을 열고 그의 등을 쳐다보면서 뒤돌아보는 그에게 "다녀왔어." 하고 말한다.

작업에 집중하고 있던 그는 살짝 웃고는, 그저 고개를 끄덕인다. 그렇게 고개를 끄덕여 주면 마음이 차분해졌다.

'다녀왔어.'는 정말 좋은 말이라고 늘 생각했다.

저녁에 목욕을 하고 반짝반짝해진 내가 해가 아름답게 저무는 세계를 타박타박 걸어 돌아와 '다녀왔어.' 하고 말할 수 있는 행복을 매번 신에게 감사하고 싶을 정도였다.

그 시절을 떠올리면, 역시 눈물이 줄줄 흘러나와 나는 어린아이처럼 울었다.

다른 장소에 비하면 교토는, 그에게 안겨 있는 것처럼 행복한 장소였다.

내가 그렇게 우는 동안에도, 그의 작품을 당연한 일이라는 듯 원하는 사람이 있다는 것도 고마웠다.

그는 없지만 그의 일을 하고 있다는 충만감. 내가 혼자 왔다는 걸 알면 교토의 친구들도 불쑥불쑥 나타나 나를 밖으로 데리고 나가 밥과 술을 함께해 주었다.

요이치가 있을 때도 아틀리에에는 언제든 누군가가 일

을 도우러 와 있든지 후배가 의논차 찾아와 있었다. 그는 술을 거의 마시지 않았기 때문에 술자리가 벌어지는 일은 없었고, 그가 다시 일에 집중하기 시작하면 모두들 소리 없이 돌아갔다.

내 할아버지처럼 인기가 많았던 그를, 죽고 나서야 겨우 독차지한다는 엷은 빛 같은 행복.

그런 어중간한, 그러나 뭐라 말할 수 없이 마음 편한 날들을 나는 사탕을 핥듯이 만끽하면서 지냈다.

아직은 달콤하네, 아직은 조각이 남아 있어. 한없이 잘게 깨물면서 오늘이 영원히 끝나지 않기를 바라는, 그런 평안함이 있었다. 삶의 보람도 필요 없고, 결혼도 출산도 필요없다. 지금이 있을 뿐, 오늘의 밥을 맛있게 먹기 위해서, 오늘의 한잔을 맛있게 즐기기 위해서. 기분 좋게 취해 걷는 밤길이 편안한 잠으로 이어지는 기쁨을 알기 위해서.

"사요코는, 사고 때 얼을 떨어뜨리고 살아난 모양이네."

그날 밤, 단골 바 '시리시리'의 주인 아저씨 신가키 씨는 나를 똑바로 쳐다보면서 말했다.

'시리시리'는 오키나와 고유의 채소를 가는 조리법을 말한다. 그 가게의 명물 안주가 '여주 시리시리'인데, 그걸 먹으면 숙취가 없기 때문에 가게 이름을 그렇게 붙였다고 주인 아저씨는 설명했다.

재활 치료 기간이 거의 끝나 가던 나는 '술로 상처를 소독하고 오겠다.'고 부모님에게 그럴듯하게 말하고서 하루의 일과처럼 동네에 있는 오키나와 바에 가곤 했다. 엄마도 요즘은 내가 집에 있으면 "오늘은 소독하러 안 가니?" 하며 웃는다.

물론 부모님의 돈으로 마시는 것은 아니다. 결혼하려고 꾸준히 모아 온 돈을 까먹었다. 이제 결혼 안 할 건데 뭐, 다 써 버려야지. 그렇게 생각하고 있었다.

매일 밤 카운터에 2000엔을 놓고, 그 2000엔어치만큼 마시게 해 달라고 신가키 씨에게 말한다. 오랜 입원 생활 덕에 꼬챙이처럼 가늘어진 다리에 근육을 붙이기 위해 운동하고 달리고, 아직 자잘한 재활 치료가 계속되고 있기 때문에 과음은 금물이었다.

"얼이 뭔데요?"

나는 물었다.

"혼을 말하는 거야. 오키나와에서는 얼을 떨어뜨리면, 떨어뜨린 장소에 주우러 가."

신가키 씨는 태연하게 그런 이상한 소리를 했다.

"왜 그렇게 생각하는데요? 아, 알겠다. 머리가 보기 싫게 짧고 상처가 있어서죠?"

나는 웃었다.

"아니지. 얼빠진 사람의 얼굴이라서 그러는 거야."

떨어뜨린 장소, 그 후에도 교토에는 종종 갔지만 사고 현장에는 가지 않았다. 그래서일까, 나의 혼은 돌아올 기미가 안 보였다.

하지만 딱히 상관없었다.

교토의 사랑은 거기 끝이 존재하기 때문이었는지 너무나 아름다웠기에, 아쉬움은 없었다.

풍경이 반짝거리고, 순간순간이 사랑을 위해 있는 듯했다. 빌딩 너머로 산이, 강 너머로는 옛 가도가 보였다. 빛도 바람도 모두 믿을 수 없을 만큼, 우리 사랑에 아름다운 빛깔을 더해 주었다.

작업을 하다 지쳐 아틀리에의 뒷동산쯤 되는 오타의 오솔길을 올라가면, 높은 곳의 나무들 사이로 경치가 시원하게 내려다보였다. 거리는 빛을 받아 금색으로 빛나고, 구름 그림자가 잇달아 흘러갔다. 시간의 흐름을 잊고서 멍하니 바라보고 있노라면, 온갖 피로가 풀렸다.

교토에서는 아름다운 것을 너무 많이 보았기 때문에, 혹시 꿈이었을까 싶을 때도 있었다.

"언젠가, 되찾아와 볼까요."

나는 말했다.

"하지만 지금은 괜찮아요. 이렇게 된 지금의 내가 좋다고, 늘 다행스럽게 생각하는걸요."

"그렇지만 사요코는 떨어뜨린 얼은 둘째치고, 이제 원래 상태로 돌아갈 수 없잖아. 눈이 다른 데 뭐. 무당 같은 눈이라고."

신가키 씨가 말했다.

정말 아무렇지도 않게 말하기에, 나 역시 아무렇지 않게 고개를 끄덕였다.

어두운 바, 1970년대 록 뮤직이 흐르고 지금이 언제인지 헷갈리게 하는 장소. 그래서 마음 편한 장소. 아와모리[1] 스트레이트를 물과 함께 마시면서 나는 수긍했다.

머리를 다친 탓인지, 사고 이후로 내 눈에는 늘 이상한 것이 보였다. 현실에는 눈앞에 없을 온갖 색과 반투명한 사람들이 보이게 된 것이다. 애당초 유령을 믿지도 않았고 그런 것에 관심이 있는 것도 아니었는데 어쩌다 이렇게 되었는지는 알 수 없었다. 다만, 간혹 눈에 보이니 어쩔 수 없었다.

환각인지 내 머리가 이상해진 것인지 알 수 없었다.

하지만 어떻게 하면 그들을 저세상으로 보낼 수 있는지도 모르고, 그들이 말을 거는 것도 아니어서 그걸 밑천 삼아 먹고살 수는 없을 것 같았다. 그저 보일 뿐이니까.

그렇게 된 내가 한 일은 『하나다 소년사』[2]와 『보인다니까요』[3]를 다시 읽어 본 정도일까. 달리 할 수 있는 일도 없지 싶고, 병원은 신물이 나서 내키지 않았다.

둘 다 그저 만화인데도 생각보다 도움이 돼서 놀랐다.

---

1 일본 오키나와의 특산주.
2 장난꾸러기 소년 하나다 이치로가 머리를 다친 뒤 유령을 보고 대화할 수 있는 능력을 갖게 되면서 벌어지는 일을 그린 만화.
3 실화 괴담을 엮은 만화 에세이.

나만 그런 게 아니면 괜찮지 뭐, 하는 생각이 들었다.

유령을 보는 빡빡머리 소년의 모습이 왠지 모르게 내게는 위안이 되었고, 정말 유령이 보이는 듯한 여자 만화가는 나보다 훨씬 무서운 것을 많이 본 것 같아 위에는 더 위가 있다는 말처럼 나를 안심시켜 주었다. 거기에 비하면 나는 아마추어다. 그 만화를 그린 사람들의 머리가 이상한 건 아닐 듯하고, 보이면 보이는 거지 뭐, 따지고 들게 뭐 있어. 그렇게 생각했다.

오늘 밤에도 나는 보았다.

머리 긴 여자가 카운터 저 끝에 앉아 리듬을 타며 콧노래를 흥얼거리는 모습을. 하지만 그녀는 이 세상 사람이 아니었다.

물끄러미 쳐다보자 그녀도 나를 빤히 쳐다보았다.

당신이 여기 있을 수 있다면 죽은 나의 요이치도 내 옆에 앉아 줬으면, 하고 생각했지만 저세상으로 완전히 가 버렸을 그는 한 번도 모습을 보여 주지 않았다. 꿈에도 나타나지 않았다.

여자의 눈이 검은 비늘처럼 막막해서, 만약 그가 이런 눈을 하고 이 세상 어딘가를 떠돌고 있으면 어쩌나 생각하자 한없이 외로워졌다. 하지만 그의 인생을 떠올려 보면, 아마도 그런 일은 없으리라.

만에 하나 이 세상에 놀러 온다 해도 내게는 찾아오지 않고, 제작하다 끝내지 못한 작품 앞에서 이걸 어떻게 하면 좋을까 하고 고민하든지, 아르바이트하는 아이들과 완성한 작품의 세세한 부분에 꼬투리를 잡을 것이다. 그런 생각을 하자 입가에 미소가 떠올랐다.

여러 가지 인생이 있겠지만, 그 사람과는 사랑하다 헤어졌고, 천국의 한 걸음 앞에서 죽은 애완견을 꼭 껴안을 수 있었고, 할리 데이비슨을 탄 할아버지의 배웅을 받아 여기 있으니, 그럼 된 거지 뭐, 하고 나는 가슴 깊이 생각했다. 이런 걸 다행스러워한다는 것 자체가 머리를 다친 사람이기 때문인지도 모르지만, 내가 슬프지 않다면 딱히 상관 없었다.

"적절한 타이밍에 얼을 주우러 갈 거야, 사요코는."

신가키 씨가 새하얀 이를 내보이며 말했다.

미군 기지가 있는 동네에서 태어나고 자라, 30대에 도쿄로 올라왔다는 신가키 씨 역시 어느 한 시기 둥실둥실 떠돌았는지도 모르겠다. 저 여자는 옛날에 신가키 씨가 사랑한 여자일지도 모른다.

　모두들 안타까우리만큼 갖가지를 짊어지고 살아간다. 둔감해서 그다지 짊어지지 않은 사람을 보면 한눈에 알 수 있다. 그들은 신기하게도 로봇처럼 보인다. 짊어져 본 사람만이 색감이 있고 섬세하고 아름답게 움직인다. 그러니까 짊어지기를 잘한 거지, 그렇게 생각했다. 나는 살아 있는 한, 섬세하고 아름답게 움직이고 싶다.

　술에 취해 집에 들어가면 부모님은 대개 잠들어 있었다.

　내가 매일 밤 마셔도, 아침에는 일어나 옷을 갈아입고 조깅하러 나가고, 세 식구의 아침 식사를 준비하기 때문에 부모님은 아무 말 하지 않았다.

　냉장고에서 그레이프푸르트 주스를 꺼내서 꿀꺽꿀꺽 마셨다.

　뭐라 말하기 어렵지만, 그가 죽은 다음부터 내가 반쯤은 남자가 된 듯한 기분이 든다.

　죽은 요이치가 반쯤 내 안에 들어온 듯한.

요이치와 했던 마지막 섹스로 임신했기를 바랐다. 머리가 아플 정도로. 하지만 머리가 아플 정도로 바라는 일은 오히려 이루어지지 않는 것이 세상의 이치인 모양이다. 배에 쇠막대기가 꽂혔는데 임신을 할 수 있는지 그때는 확실하지 않았다.

막대기는 자궁까지 상처를 내지는 않았지만, 임신도 되지 않았다.

그렇게 슬픈 생리는 평생에 두 번 다시 없으리라고 생각한다. 끝내 왔군, 하고 생각한 순간 모든 꿈이 무너지고 말았다.

가장 슬펐던 것은 그날 화장실 안에서 일어난 일이다.

그때 나는 물 위로 퍼지는 몇 방울의 피와 함께 슬퍼하고 또 슬퍼했다. 모든 것이 끝난 기분이었다. 마지막 희망이 사라졌다. 나는 멍하니 변기에 앉은 채, 화장실에서 두 시간 동안이나 나가지 못했다. 눈물도 나오지 않았다. 평생 이대로 여기 앉아 있어도 괜찮다, 죽을 때까지 움직일 수 없다, 절대 밖으로 걸어 나갈 수 없다. 그런 생각을 했다. 그러나 내 몸은 화장실이 좁다는 것을 깨달았는지, 제멋대로 슬금슬금 일어나더니 화장실에서 나가 나를 내

방 침대로 데려갔다. 그날부터 몸은 물론 마음까지 조금은 이리저리 흩어진 것 같다.

그때가 완전한 여자로서는 마지막이었다.

그리고 한동안, 멍하게 지내는 나를 내버려 둔 채 합리적이고 멋진 현실이 몸과 손을 맞잡고 그저 앞으로 나아갔다. 그러니까 몸에 맞춰 자동적으로 움직여, 섬세한 자신의 내면을 잠재웠던 것이다.

그랬던 만큼 몸은 유난히 기운차게 움직였다.

그러면서 마음이 조금씩 치유되어 갔다. 그의 아이를 키우는 인생을 포기할 수 있었던 것이다. 그렇게 포기할 수 있다니, 자신도 믿을 수 없었다.

마음이 겨우 몸을 따라잡았을 때에야 나는 깨달았다. 그렇구나, 몸이 애써 준 거였구나, 그래서 쉴 수 있었구나. 내 몸아, 미안해, 나쁘게 말해서, 함부로 다뤄서 미안해, 역시 나는 살아 있는 거구나, 이 엄청난 시스템 덕분에 말이야.

그렇게 감사하는 마음이 불끈 솟기 시작한 후로는 어떻게 되든 상관없었다. 그레이프푸르트 주스가 새콤하고 맛있다고 느끼는, 그것만으로도 기쁘다고 몸은 말한다. 몸이라는 것이 얼마나 사랑스러운지 매번 가슴이 찡해진다.

지금을 살아가고 있다면 듣기에는 멋지지만, 그저 바보가 되어 아무 생각도 할 수 없을 뿐일지도 모른다.

부모님은 아침 준비는 애써 하지 않아도 된다고 말했다.

언젠가는 다시 혼자 살게 될 테니까 지금 집에 있다고 문제될 것은 없고, 보험금이 나와서 치료비도 전혀 부담이 되지 않으니까 괜찮다고.

하지만 의식이 돌아왔을 때 부모님 얼굴을 그만 봐 버린 나는 그들을 위해 뭐가 되었든 하지 않을 수 없게 되었다.

그런 눈으로 자신을 봐 주는 사람이 있다니.

내가 태어난 아침에도, 이 두 사람은 저런 눈으로 나를 보고 있었겠지. 그렇게 확신했다. 그렇게 엄청난 일이 있었다니, 믿기지 않았다.

게다가 그 풍경이 얼마 전에 다른 세상에서 본 할아버지로부터 이어지는 역사의 일부라고 생각하자, 생명 전체가 그 분홍색 속으로 녹아드는 이미지가 샘솟았다. 거기에서 와서 거기로 돌아간다. 그렇다. 자궁 안도 천장은 분홍색일 테니까.

나를 들여다보던 부모님의 '살아 있기를' 바라는 간절한 마음이 샤워 물처럼 실제로 나를 치유해 가는 것을 가만히 보고 있었다. 수많은 색으로 이루어진 무지개 같은 흐름이 내게 쏟아졌다. 그리고 하루쯤 지나 통증이 한결 가벼워졌다.

그 세상에서 돌아왔을 때, 가령 꿈이었다 해도, 뇌 속의 마약이 만들어 낸 환각이었다 해도, 모든 열쇠는 무지개라는 생각이 들 정도였기 때문에, 입원 중에 하늘에 실제로 걸려 있는 무지개를 창 너머로 봤을 때는, 무지개는 천국과 이 세상을 잇는 다리일 거야, 하며 눈물을 흘렸다.

온갖 것들을 보게 된 것도 그리 나쁘지는 않았다. 그런 멋진 것도 보게 되었으니까.

깊은 밤, 부엌에서 술에 약간 취한 채 부모님이 자고 있는 방의 문을 물끄러미 바라보면서, 지금의 이 평온함도 영원하지 않고 언젠가는 변하리란 것을 깨우치는 것도 절대 나쁜 느낌이 아니었다. 생명의 불꽃이 자신의 내면에서 타오르는 것을 알 수 있었다. 배꼽보다 조금 아래에서, 부글부글 물이 끓는 것처럼.

나는 살아 있다, 그러니까 살자, 살아 주자. 그렇게 생각했더니 왠지는 몰라도 죽은 이에 대한 애도로 가라앉아 가던 세계에서 벗어났다.

일방적으로 그를 잃은 것이 아니라, 나 또한 죽을 뻔했기 때문이라고 생각한다.

사랑했던 강아지와 할아버지밖에 만나지 못한 것은, 가령 서로 사랑했어도 마지막에는 어디를 가든 어떤 결정을 하든 혼자 해야 한다는 뜻이리라. 그때 가져갈 수 있는 것은 그의 그림자뿐. 즐거웠던 추억뿐. 뒤집어 말하면, 누구도 그것만은 내게서 빼앗을 수 없다.

그렇다는 것을 확실하게 알았기에 나는 지금을 살 수 있었다.

'그렇게 사이가 좋았던 사람인데, 마지막으로 작별 인사는 하고 싶었는데.'

다만 그런 생각이 불현듯 들 때만, 모든 것이 하얀 안개 속으로 녹아들어 오리무중이 되고 말았다. 그런 순간을 되풀이하다 보니 2년이 금방 지나가 버렸다.

슬프거나 외롭다는 감정이 아니라, 죽음으로 향하는 압도적인 힘에 짓눌렸던 후의 감각만이 눈을 반짝 뜨고 있었다.

내가 본질적으로 변해 버렸다는 건 알 수 있었다. 이제 영원히 원래 자리로 돌아갈 수 없다. 세계는 삶에서 죽음을 향해 일직선으로 흐르지 않는다. 학교에 다니다 졸업하고 취직해서 결혼을 하면 아이를 낳고, 그 아이가 어른이 되면 자신은 늙어 죽는다. 아직은 그 흐름을 타고 있음에도, 이미 그 흐름 속에 있지 않다. 이 기묘한 느낌은 무엇일까. 차원이 달라진 듯한, 고스란히 이동해 버린 듯한 이 눈부신 느낌은.

그 아침이 마지막이라는 것을 나와 그, 둘 다 어렴풋이 알고 있었다.

어제 했으니까 됐지, 하면서 둘은 아무 일 없이 그냥 몸을 기대고 누워 잠들었고, 멋진 꿈을 꾸고서 눈을 떴다.

전날 밤, 우리 둘은 저녁때 집을 나서 밤까지 가모 강가를 산책하다가 가끔 쉬면서 산을 바라보았다. 꽤 먼 거리를 걸어 밤의 어둠에 잠겨 경계가 사라진 강을 바라보고, 데마치야나기 언저리에서는 부연 어둠 속에 웃으면서 돌을 던지다 강가에서 올라와, 찹쌀떡으로 유명한 가게 근처 2층에 있는 다이닝 바에서 와인에 가벼운 안주를 먹고, 버스를 타고 돌아왔다. 잘 때는 다리가 뻐근하고 피곤했다. 기분 좋은 피로감이었다. 교토에서는 자칫 강가를 너무 오래 걷게 된다.

우리는 적당히 따스한 이불 속에서 아침 햇살을 보고 있었다.

그것은 늘 맞이하는 아침, 지금까지도 늘 그랬고, 앞으로도 늘 그럴 아침이었다.

이제 곧 그가 일어나 커피를 끓이겠지, 하는 데까지 여느 때와 똑같은.

창밖의 미니 장미에 그 계절답지 않게 꽃이 소복하게 피어 있었다. 파란 하늘에 그 빨강이 유난히 또렷하게 비쳐, 나는 분명하게 생각했다. 이 세상의 끝 같다고.

"지금, 나, 꽃밭 꿈 꿨어."

일어나자마자 그가 말했다.

그의 눈에서 눈물이 또르르 떨어졌다.

"좋은 꿈이었는데, 지금 왜 우는 거야?"

모르겠어, 하고 그가 대답했다. 너무 좋은 꿈이어서

그런가. 너무 행복해서 그런지도 모르지.

내가 무척 좋아하는 모양을 띤 그의 입술이 '행복'이란 단어를 만드는 모습을, 흐뭇하게 바라보았던 것도 잊지 않았다.

"사실은 나도, 같이 여행하는 꿈을 꿨어. 저녁 해가 아름답게 보이는 레스토랑에서 둘이 샐러드를 먹는 행복한 꿈. 아름다운 황금색 화이트 와인을 마시면서 생햄을 듬뿍 얹은 샐러드를 나눠 먹었어."

"분위기 좋았겠는데."

그는 눈물을 닦으면서 말했다.

"신혼여행 꿈인지도 모르지."

나는 웃었다. 그런 말을 웃으며 할 수 있을 정도로 편안했다.

"거기 이탈리아일 거야, 아마. 조만간 꿈을 현실로 만들자. 결혼해서 또 이탈리아에 가는 거야."

그가 말했다.

"응. 조만간."

나는 말했다.

"이 아틀리에로 옮겨 온 후로, 바빠서 여행도 잘 못 했잖아."

각자 멋진 꿈을 꾸었는데, 왠지 외롭고 떨어지고 싶지 않아 계속 붙어 있었다. 그에게는 다른 생각이 있었는지도 모르겠다. 하지만 아무튼 우리 둘은 서로 다른 기분이나마 분량만큼은 똑같이 품고서 한 이불 속에 있었다. 무언가가 바짝바짝 다가오고 있는 듯한, 이 시간만이 안전할 것 같은 이상한 느낌이 있었다.

"일어나면, 어디 가자. 오늘 쉬는 날이야."

그 느낌을 떨쳐 내듯 그가 말했다.

"'오키니야'에서 튀김 런치 먹고 싶네. 좀 멀지만, 오늘은 그 가게가 당긴다."

나는 말했다.

"저녁에 신칸센 역까지 데려다 줄게. '오키니야'에 들러도, 출발까지는 시간이 있을 거야."

그가 말했다.

"낮에 구라마 온천에 가는 것도 좋겠네. 더우려나."

"구라마 온천, 그래 가자. 오늘따라 굉장히 가고 싶은데."

그는 분명히 그렇게 말했다. 운명은 그를, 그는 운명을, 피차가 순순히 받아들이고 있었던 걸까.

언제나, 어디 갈까 하는 얘기를 하다 보면, 교토의 거리가 우리를 소중히 아낀다는 기분이 들었다. 요정도 없고 게이샤도 등장하지 않는, 우리의 궁핍한 교토.

'호시노야' 입구에서 멋진 조명과 건물을 슬쩍 구경하고, 눈앞의 녹음과 도도하게 흘러가는 강을 바라보고, 모기에 물리면서 걸었던 아라시 산의 산책길. 황홀한 기분으로 "우리, 언젠가 여기 묵어 보자." 하고 말했다.

신비롭고 오래된 바 '탐정'에서 술을 좀 마시는 나만 한잔 마시고, 그 사람은 카레라이스를 먹으면서 이런저런 손님들과 얘기를 나누다 탐험하는 기분으로 2층의 다 쓰러져 가는 허름한 방과 비밀의 문을 지나 흥분한 채로 돌아오기도 했다.

'오키니야' 카운터 자리에서 주인과 얘기를 나누며 느긋하게 밥을 먹고 '가케 서점'에서 몇 시간이나 구하기 힘든 책을 감상하기도 했다.

우리는 마냥 학생 기분으로 얼마나 많은 일을 함께 했는지 모른다.

그는 창작밖에 모르는 사람이었지만, 갖가지 아르바이트며 조수로 일한 경험 덕에 예술가적인 감정 기복을 잘

감출 줄 알았기에 창작의 고뇌를 털어놓는 일은 별로 없었다.

사실은 카페와 바에도, 아름다운 여관과 여관의 맛있는 조식에도…… 관심이 전혀 없었으니까, 내게 맞춰 준 거지 싶다. 하지만 나도 사실은 아무것도 필요하지 않았다. 그냥 곁에 있을 수 있으면 족했다.

무엇을 원망할 수도 없다. 모두 나를 두고 가 버렸다. 분노조차도 한 발 늦고 말았다.

뒤에는 새하얗게 텅 빈 나만 남았다.

녹음이 우거진 길을 달리다 땀을 닦으면서 동네의 빵 가게에서 식구들이 먹을 빵을 사는 것이 일과였다. 큰길에 있는 조그만 프랑스 빵가게에 들러, 매일 바뀌는 몇 종류의 빵 중에서 무엇을 살까 고민하는 것이 낙이었다.

그 아파트는 마침 땀을 식히려고 걷기 시작하는 지점 언저리에 있었다.

곧 철거되겠지 싶을 만큼 낡고 볼품없어서 사는 사람

도 별로 없어 보이는데, '가나야마 장'이라고 쓰인 차분한 도자기 간판은 인상적이었다.

사는 사람은 한 번도 본 적이 없었지만, 2층 모퉁이 방에 여자 유령이 있다는 것은 알고 있었다. 문득 창가에서 사람의 그림자가 느껴져 올려다보면 늘 방긋거리고 있었다. 그런 유령은 처음이었다.

눈이 딱 마주치는 일도 없고, 그녀가 움직이는 것을 본 일도 없다.

어쩌다 문득 올려다보면 창가에 기대어 늘 웃고 있었다. 어깨까지 내려오는 구불구불한 머리가 바람에 살랑거렸다.

그 웃음은 간혹 거리에서 보는 다른 유령들과는 전혀 달랐다.

그 유령들처럼 '이제 인생도 다 끝났고 아무것도 없군. 왠지 불안해서 견딜 수가 없어.' 하는 느낌이 아니라 '나중에 뭐 먹지?'라든가 '오늘 데이트가 있는데 뭘 입고 나가지?'라는 표정이었다.

저렇게 환하게 웃는 얼굴인데 왜 저세상으로 가지 못했을까? 저런 일도 있네.

내 가장 큰 의문은 그것이었지만, 이유는 알 수가 없으니 그저 막연하게 그 웃음에 위로만 받고 있었다. 저세상에는 논리로 해명할 수 없는 것들도 많아 보였으니까, 신경 쓰지 않기로 했다.

아직은 좀 더 여기서 느긋하게 지내고 싶은데, 하는 그 분위기가 좋았다.

유령을 본다는 것만도 충분히 이상한데, 좋다고 생각하다니 어떻게 된 일인지.

유령에게 위로를 받다니 갈 데까지 간 것 같지만 그 사람의 조그만 눈과 코, 가녀리고 자그마한 몸을 보면, 그리 나쁜 것도 아닌가 보다. 사는 것도 죽는 것도, 모든 게. 거리의 아침 기운 속에서 그런 기분이 들었다.

그런 기분이 들게 하는 사람은 살아 있으나 죽어 있으나 마찬가지라는 뜻일 것이다.

누구일까, 저 여자, 왜 저기 있을까?

나는 일상의 풍경 속에 존재하는, 이 세상 사람이 아닌 그 여자에게 왠지 모르게 마음이 쓰였다.

언젠가는 반드시 사라지겠지만, 저렇게 웃을 수 있다면, 저 사람의 인생은 나쁘지 않았을 거야. 그렇게 생각하면 내 마음이 그 무엇과 접하고 있을 때보다 한결 위안이 되었다.

영혼에 상처받고, 영혼으로 치유되는 이상한 날들.

내가 방긋 웃어도, 그녀는 별 반응 없이 나를 바라보고, 나와 거리를 똑같은 것으로 인정해 주고, 그런 상태로 방긋거리며 이쪽을 보고 있는 느낌이었다.

그러면 나는 자신이 세계와 반듯하게 하나가 된 것처럼 여겨졌다. 궁지에 몰려 괴로워하는 것처럼 보이지 않는 거야, 잘 섞여 있어, 대기에 녹아 있을 수 있어. 그렇게 안심할 수 있었다.

신가키 씨는 내가 카운터에 올려놓은 2000엔으로 술을 넉넉하게 마시도록 놔두지 않는다.

내 상태를 살피면서 일부러 천천히 술을 내놓는다.

걱정한다는 것을 분명하게 알 수 있다. 매일 오는 사람이 건강을 해치면 곤란하지, 건강하게 오래오래 단골로 있어 줘야지. 신가키 씨는 곧잘 그렇게 말했다. 아침에 조깅을 하라고 권한 사람도 그였다. 아침에 조깅을 하는 습관이 들면 과음하지 않게 된다고 여러 손님에게 말했다.

그리고 거스름돈이 생길 때에는 매직으로 '사요코 씨 저금'이라고 쓴 빌리켄[4] 저금통에 그 돈을 넣는다. 늘 신세를 지고 있으니까 거스름돈을 필요없다고 하는데도.

그런 사소한 일이 인간관계를 조금씩 만들어 간다는 것도 사고 후에 비로소 깨달았다. 밤을 새워 애기를 나누거나 같이 자거나 여행을 하지 않아도, 매일 조금씩 느끼지 못할 정도로 조금씩 서로를 배려하는 것만으로도 굳건한 신뢰의 성이 생긴다는 것을. 너무 젊어 기운이 넘쳤던 시절에는 그렇게 담담한 인간관계를 알지 못했다.

신가키 씨가 그 몇 백 엔을 아까워하거나 한 잔이라도 더 마시게 하려는 사람이었다면 가게가 이렇게 오래 유지되지 못했을 것이고 손님들의 분위기도 훨씬 나빴을 것이다. 사람들 눈에 띄고 싶지 않았던 나는 이곳이 수수한 가게라서 오히려 드나들게 되었는데, 한참이 지나서야 그런 장점도 있다는 것을 겨우 알았다.

---

4 행운을 가져다준다고 알려진 일본의 마스코트.

혼자 마시기 때문에 유독 눈에 들어오는 것도 있었다.

혼자 마시면 긴장도 되는 데다, 아무리 안심할 수 있는 가게여도 조금은 조심을 하기 마련이라 등에도 눈이 있는 듯한 느낌이 든다. 그 느낌 속에서만 보이는 많은 것들을 보게 된다. 친구와 함께 수다를 떨고 있다면 놓치고 말, 여러 사람들의 사소한 몸짓에 나타나는 마음의 움직임.

혼자 술집을 드나들다니, 사고 전의 나라면 생각할 수 없는 일이었다.

삭발에 가까운 머리에 남자 같은 차림을 하고 있는 지금의 나는 어느 모로 보나 레즈비언 같다. 남자에게 관심이 있는 것처럼은 절대 보이지 않아서, 남자들이 말을 걸어오는 일은 아예 없었지만, 그런다고 해도 별 느낌이 없을 것 같다. 마음이 조금도 움직이지 않는다.

요 몇 년간은 아르바이트를 할 때 빼고 주로 교토에 있었기 때문에 그곳에는 마음 편한 친구가 몇 있는데 반대로 도쿄에서는 병원에만 있었기 때문에 일상적으로 만나는 사람이 거의 없어지고 말았다.

몸이 망가지기 전까지는 몸이 마음을 배려해서 대신 움직여 주고 있다는 것을 의식하지 못했으나, 기운을 되찾은 후로는 과음하지 않도록, 그리고 요이치를 너무 떠올리지 않도록 때맞춰 잠을 불러오고, 멍하니 있다가 넘어질 것 같으면 손이 절로 앞으로 나가 어떻게든 그 순간을 모면하게 하는 걸 보면 정말 굉장하다.

지금껏 몸이 그렇다는 것을 조금도 알지 못한 채, 쇠막대기에 찔리기도 하고 임신하지 않았다고 나무라기도 했으니, 사람은 딱 하나뿐인 그릇에 정말 오만하게 군다.

이렇게 몸에게 감사하고 있지만, 역시 그때 몸이 없는 세계에 있었던 순간의 즐거움, 그 둥실거리는 느낌. 마치 한없이 따스한 햇살 속에 있는 듯한 느낌을 나는 또렷하게 기억하고 있었다.

손을 움직이면 빛이 무지개처럼 살랑살랑 움직였던 것도.

그 풍경을 강아지와 한없이 오래 바라보았던 것도.

그대로 거기 있었다면 좋았을 텐데. 그렇게 멍하니 생각할 때마다 할아버지의 얼굴이 떠올랐다. 몸이 없어도 할아버지가 할아버지답게 정정했던 것은 할아버지가 자신의 인생을 반듯하게 살았기 때문이겠지만, 혼수상태에 빠졌던 마지막 모습에 그 정정한 모습이 덧입혀진 것은 내게 기쁨이었다.

할리 데이비슨을 타고 나타난 할아버지 모습이 그저 멋졌다는 것, 설령 꿈이었어도 그 모습에 가슴에 설렜다는 것.

우와, 멋지다, 아름다운 산과 강, 푸른 나무와 무지개 색이 반짝이는 세계에 할아버지가 할리 데이비슨을 타고 왔을 때, 우와, 멋져, 아무것도 필요 없을 정도야, 하고 생각했다.

설렘을 느꼈던 그 순간이야말로, 조건 없는 순간이었다.

아무리 참담한 시기에도 반드시 찾아오는 것.

내 마음이 반짝이며 무지개 색 세계로 퍼져 나가고, 세계가 그것을 받아들여 무지개 색으로 기뻐한다는 것을 알 수 있었다.

그렇구나, 교환하는 거구나, 서로.

나는 이 세계에 이렇게 영향을 미치고 있다. 그런 줄 알지 못했다. 세계는 내가 빛나면 똑같은 분량으로 되갚아 준다. 때로는 빨리, 때로는 천천히, 파도처럼, 메아리처럼.

이렇게 하찮은 내가 어떤 기분인지에 따라 세계가 움직인다.

눈에 보이지 않는 세계에서는 그런 일이 분명하게 벌어지고 있고, 시각을 바꾸면 언제든 그 영향을 볼 수 있다는 것을, 나는 똑똑히 깨우치고 돌아왔다.

보물을 손에 쥔 좀비가 되어 돌아온 것이다. 그런 상태는 이상한 것이지만, 그렇게밖에 표현할 수 없다. 좋다 나쁘다가 아니라, 이 세상에서는 찾아보기힘든 생물로서.

그러나 물론 인간이니까 그런 희망은 이내 꺾이고, 일상적인 세계가 시작된다.

현실의 따분함이 조금씩 보물을 침식해 간다.

이 세계는 설렘을 먹고 산다.

그러니 언제나 설렘을 빼앗기게 되는 것이다. 그렇다고 억지로 들뜬 상태는 설렘과 가장 거리가 먼 삶이다. 매 순간, 만들어 내려 애쓰는 길밖에 없다. 끝이 없는 싸움이지만 그것만이 완전하게 이길 수 있는 가능성을 지닌 딱 하나의 길이다.

그런 얘기를 요이치와 자주 하곤 했다.

침대에 누워 과자를 먹고 와인을 마시면서.

나는 혼자가 되었지만, 여전히 그날의 꿈을 꿀 수 있다.

나의 설렘이, 세계에 나눠 줄 수 있을 만큼 아직은 조금 남아 있는 듯하다.

해거름에 예의 유령 아파트 '가나야마 장' 밑을 지난 것은 처음이었다. 그때 나는 멀리 있는 은행에 돈을 넣으러 가기 위해 어쩌다 그곳을 걸어가는 중이었다.

아파트 입구에서 젊은 남자가 지갑만 달랑 들고 나와 주차장에서 자전거를 꺼내는 모습을 멍하니 바라보았다. 아, 이 집에 사람이 사는구나, 유령만 사는 게 아니었어.

그런 생각을 하면서 늘 그 여자 유령이 있던 창가를 올려다보았다. 유령은 자전거에 오르는 그 남자를 빤히 내려다보고 있었다. 우와, 새로운 표정이네, 하고 나는 생각했다.

유령을 보고 있는 나를, 자전거에 탄 남자가 힐금 보았다.

당연하다. 삭발이나 다름없는 머리의 이상한 여자가 자기 아파트를 빤히 올려다보고 있으니 신경에 거슬렸을 것이다.

그런데, 그런 게 아닌 듯했다.

"어머니가 보이나요?"

그가 아무렇지도 않게 내게 물었다.

"아, 네. 저 여자 말하는 거죠?"

나는 창가를 가리켰다.

"네."

"그런데, 아주 젊어 보이는데요?"

"어머니가, 왜 그런지 몰라도 젊었을 때 모습인 것 같더군요. 지금 어떻게 하고 있는데요?"

"음, 이쪽을 보고 있어요. 하지만, 언제나 방긋방긋 웃고만 있던데요."

나는 말했다.

머리가 이상한 사람이 하는 소리 같겠군, 하고 생각하면서.

"정말요? 웃고 있다고요?"

그의 얼굴이 환하게 빛났다.

따지고 생각하기 전에, 그저 반사적으로 그의 기분이 어떨지 알 수 있었다. 나도 요이치가 보이면 얼마나 좋을까, 늘 바라고 있었으니까. 보고 싶은 것일수록 보이지 않는 법인가 보다. 힘이 너무 들어가 있기 때문일지도 모른다.

"네, 정말 행복하게. 나는 저 웃는 얼굴이 보고 싶어서, 아침이면 여길 지나가게 돼요."

나는 말했다. 그에게 도움이 되어 다행이라고 생각하면서.

쓸모 없이 보기만 할 뿐이라면, 더없이 허망하다.

"아무튼, 그 여자 틀림없이 우리 어머니일 겁니다."

그가 말했다. 살아 있는 보통 사람을 소개하듯이.

"그러네요. 닮았어요."

나는 말했다. 두 사람은 전체적으로 선이 가늘고, 눈이 작고 명석해 보이고 고상하면서도 어딘가 모르게 분위기가 귀여웠다.

"원래는 가족이 다 같이 산겐자야에서 살았는데 집이 좁아져서요. 어머니가 사귀던 연인 직장이 이 근처이기도 해서 당분간 여기 살기로 하고 서둘러 이 모퉁이 집을 빌려 이사를 했는데, 한 달 후에 돌아가셨어요. 심장 발작으로 정말 잠든 것처럼, 하루아침에. 원래 심장이 약했지만요."

"아…… 그렇군요. 그럼 그분은 여기 살 때, 늘 저렇게 방긋방긋 웃었나요?"

"이삿짐도 조금만 챙겨서 막 이사를 했을 때였어요. 한 달밖에 살지 않았지만, 행복해했습니다. 하지만 이사 때문에 피로했는지, 정말 갑자기 돌아가셔서 무척 놀랐죠."

"그, 어머니의 연인이란 사람, 지금은 여기 살지 않나요? 그리고 그쪽의 아버지는 아니고요?"

나는 물었다. 사사로운 일을 묻고 있다는 건 알았지만, 그에게는 물어봐도 괜찮을 듯한 분위기가 감돌았다.

"네, 친아버지는 나와 누나가 어렸을 때 병으로 돌아가셨어요. 어머니는 아버지가 남긴 건물을 관리하고 카페를 운영하면서 우리를 키웠죠. 아버지가 돌아가신 후에 생긴 본격적인 연인이 그 사람이었습니다. 하지만 그도 충격이 커서 고향인 야마나시로 돌아갔기 때문에, 지금 이 집에는 아무도 살지 않아요."

그가 말했다.

"어쩔 수 없는 일이었고, 불과 한 달밖에 살지 않았기 때문에 추억도 별로 없을 것 같기는 해요. 그런데 어머니가 아직도 여기 혼자 있는 것 같아서 가여운 마음에 와 있는 겁니다."

"하지만, 저렇게 행복하게 웃고 있는 걸 보면, 아마 무사히 저세상으로 떠났을 거예요. 그런데 저세상으로 간 후에도 간혹 이 세상에 머무는 일이 있나 봐요. 여운을 즐기는, 그런 걸까요……? 그런데, 지금 저 건물 안에서 나왔는데, 여기 살지 않나요?"

"저 방은 아니지만, 여기 살고는 있습니다."

그는 말을 이었다.

"저기는 어머니 방이어서, 왠지 껄끄럽더라고요."

말투가 자연스러웠다. 마치 살아 있는 사람 얘기를 하듯이.

"그렇군요……."

왠지 그 상황 전부가 나의 경우와 비슷한 듯하고, 모든 것이 겹쳐지는 듯해서, 남자가 어떤 기분인지 알 것 같은 느낌이 들었다. 이 세상과 저세상이 섞인 정도와, 환상의 정도, 모든 것을 내 일처럼 이해할 수 있었다.

"가끔 어머니가 어떻게 하고 있는지 가르쳐 주시면 고맙겠군요."

그가 말했다.

"내게는 어머니가 보이지 않으니까요."

"그런데, 웃는 얼굴이라는 건 어떻게 알았어요?"

내가 물었다.

"꿈에서 봤어요. 몇 번이나. 혹시 「프린스 오브 다크니스」라는 영화를 아나요? 꼭 그 영화에서처럼 꿈에 같은 장면이 몇 번이나 나오더라고요. 어머니가 젊었을 때 모습으로 이 아파트 창가에서 방긋거리며 웃는 꿈. 그래서 영 마음에 걸려 이사를 온 겁니다."

그가 말했다.

"그렇다면 어머니가 보이는 거나 마찬가지네요. 그 영화는 모르지만, 어머니가 행복한 모습을 알리고 싶었나 봐요. 내 의견은 필요 없겠어요."

나는 말했다. 하는 말도 이상하고, 위로하는 방식도 참 이상하네, 하고 생각하면서.

"저기, 올라가 볼래요?"

그가 물었다.

"아니에요. 아무리 그래도 초면인데, 그렇게까지는."

"아닙니다. 꽃을 사러 다녀올 테니까, 방에 들어가 보세요. 문도 열려 있고 안에 뭐가 있는 것도 아니니까, 문은 그냥 열어 둬도 괜찮습니다. 야, 이거 기쁘네요. 드디어 뭔가 보답을 얻은 것 같아요. 언젠가는 이런 날이 올 거라고 생각했거든요."

그렇게 말하고서 그는 자전거를 타고 휭 가 버렸다.

"실례합니다."

나는 아파트 현관으로 들어가, 삐걱거리는 계단을 지나 2층으로 올라갔다. 그 방의 문과 창문은 초여름의 세상을 향해 정말 활짝 열려 있었다. 유령에게 어울리지 않을 만큼 환하고 개방된 느낌이었다.

하지만 예상했던 대로 그녀의 뒷모습은 거기 없었다. 종잡을 수 없는, 유령이란 늘 그런 존재다. 역시 장소가 찍은 사진 같은 것이었는지도 모른다.

세 평짜리 방과 좁은 부엌이 있는 그녀의 낡은 집은 무척이나 단출했다. 무인양품의 벽걸이와 CD플레이어와 역시 무인양품의 책꽂이가 있을 뿐이어서 살아 있을 때도 복작복작하게 집을 꾸미는 사람은 아니었다는 게 느껴졌다. 창가에는 시들어 가는 꽃과 물과 예쁜 화과자가 놓여 있었다. 그리고 그녀와 꽤 나이가 어려 보이는 연인의 사진.

사진 속의 그녀는 내가 늘 보는 창가의 모습과 나이를

빼면 거의 다르지 않아. 죽음이란 무엇일까, 하는 생각이 들었다.

죽은 사람은 여기 없다. 가능하면 미련 없이 그렇게 생각하고 싶다.

창가에 있는 사람은 아까 그의 상념이 만들어 낸 환각일까. 그렇다면 과연 그것을 뭐라고 부르면 좋을까. 장소의 기억? 그렇다면 왜 내게는 산 사람처럼 보이는 걸까?

그렇게 제자리를 맴도는 생각을 하다 보니, 모든 것이 생각 탓이고 헛수고 같아서 허망해졌다. 점을 보다가 앞날에 대해 너무 많은 얘기를 들은 사람처럼 현재가 헛돌았다.

기분이 약간 아득하고 암울해져 있는데, 계단을 탁탁 올라오는 발소리가 들리고 그가 나타났다.

"꽃을 바꾸러 왔습니다."

조그만 새 꽃다발을 든 그가 창가에 놓인 꽃병을 조심스럽게 들어 올리면서 말했다.

그 동작이 무척이나 정성스러워 호감이 갔다. 죽은 사람을 위해 하는 일이라 여겨지지 않을 만큼 마음이 담긴 태도였다.

"저, 이름이?"

내가 물었다.

"저는 이시야마 사요코라고 해요."

"아직 말 안했네요. 나는 니시카타 아타루라고 합니다."

"어머니의 이름은?"

"사잔카입니다."

"두 분 다 이름이 귀엽네요."

나는 그렇게 말하고서 사진을 들여다보았다.

"왜 그런 이름인지 뻔히 보이죠. 할머니가 어머니 이름을 그렇게 지었을 때부터 그렇게 흘러간 것 같네요."

그가 말했다.

"아아, 「모닥불」[5], 그 노래에서 따왔군요······!"

나는 깜짝 놀라 말했다.

"아타루보다는 좀 평범한 구절을 따오는 게 그나마 괜찮았을 것 같은데 말입니다. 그리고 누나가 있는데, 그녀 이름은 '기타카제'[6]예요. 이름이 그래서 인기가 없다고 늘

---

5 와타나베 시게루 작곡, 다쓰미 세이카 작사의 일본 동요로 주로 자장가로 불린다.

6 '북풍'이라는 뜻이다.

투덜거리죠. 관심을 보이는 남자들이 다들 '그럼 나는 해님.'이라고 해서 어처구니가 없다고도 하고요."

그가 웃었다.

"누나는 그렇다 치고, 나더러는 다들 여자 편력이 심한 거 아니냐고 합니다. 우리 부모님은 『우루세이야쓰라』[7]를 좋아했느냐는 말을 듣고 있고요."

"아하, 그렇겠네요."

나는 말했다. 좀 별난 부모 자식이네, 하고 생각하면서. 그리고 속으로 그 노래를 불러 보았다.

사잔카 사잔카 사이타 미치. 다키비다 다키비다 오치바다키. 아타로카 아타로요 기타카제 피이푸우 후이테이루.(산다화 산다화 핀 길. 모닥불이다 모닥불 낙엽 태우기. 불을 쬘까 쬐어요. 북풍이 횡횡 불고 있어요.)

초여름인데도 불쑥 겨울의 아름다움이 되살아나 마음을 저몄다.

---

7 다카하시 루미코의 만화로 바람둥이 주인공의 이름이 '아타루'이다.

이 세상은 얼마나 아름다운지. 초록이 무성하게 뻗어 나가는 여름도 있고, 그러다 그렇게 춥고도 아름다워 다른 세계 같은 계절이 돌아오고, 붉은 동백꽃과 노란 낙엽을 바라볼 수도 있다. 인간은 언제나 거대한 극장에 있는 듯한 존재라고 생각한다. 마음속에 담고 있는 예쁜 에너지를 세상으로 되돌리는 것이 극장표의 값이다.

아타루 씨는 꽃병을 들고 싱크대 앞으로 갔다. 물소리, 가위 소리.

이 조그만 방에서 날마다 반복되고 있을 일상. 예나 지금이나 다름없이 남자와 살아가는 여자의 조촐한 생활을 상상하는 것은 간단한 일이었다. 살아 있을 때, 나른한 일요일 오후에 창가에 기대 앉은 그녀의 모습을 상상한다. 살아 있었던 그녀, 죽은 그녀.

예쁘게 손질된 새 꽃과 물이 창가에 놓였다.

그리고 그는 거기 앉아 두 손을 합장했다.

나도 옆에서 두 손을 모았다.

"이렇게 해 봐야 소용없는 일이겠지만요."

그가 말했다.

나는 깜짝 놀라 "네?" 하고 반문했다. 뜻밖이었다.

"다 소용없는 일이죠. 알고는 있습니다."

그가 웃으면서 말했다.

"하지만 이것밖에는 할 수 있는 일이 없잖아요, 지금은."

나도 웃었다.

"무언가를 채우는 작업이기는 하죠. 아무것도 안 하고 있으면, 그때 안색이 안 좋았는데 왜 병원으로 데려가지 않았는지, 내 일이 바쁘다는 핑계로 왜 이사하는 어머니를 좀 더 돕지 못했는지, 그런 후회를 하게 돼요. 그런 후회까지 다 떨쳐 내려면 필요한 기간이죠. 최대한 천천히 해야 하나 싶기도 하고. 마지막 열매가 나뭇가지에서 떨어지는 때가 올 때까지. 나 스스로를 용서할 수 있을 때까지."

그가 하는 말이 맑은 물처럼 내 텅 빈 가슴으로 흘러나를 채웠다.

"어쩔 수 없잖아요."

"어쩔 수가 없죠. 어머니란 존재는 마냥 있는 거라고 생각했으니까."

그가 말했다.

"나도요. 나도 지금 비슷한 경험을 하고 있어요."

나는 답했다. 카고 바지 입은 다리를 내려다보면서.

"나는 죽은 연인이 남긴 일을 처리하고 있어요. 교토를 오가면서."

초등학생이 둘 마주 보고 얘기하는 것처럼, 이성이라는 느낌은 조금도 없었지만 마음은 푸근했다.

어린 시절에는 사람이 죽으면 그저 눈앞에서 없어질 뿐이라고 생각했다. 없어져 봐야 내 삶에는 아무 변화도 없다고. 사실이 그렇기도 하니까, 만약 그 정도로 이기적일 수 있다면 나나 이 사람이나 편했을지도 모르겠다.

궤도 따위 애당초 없었는데, 올라타고 있다고 생각했다.

설마 그 궤도에서 벗어나게 될 줄은 꿈에도 몰랐다.

사람들은 모두 그렇게 생각한다. 회사와 학교를 향해 가는 궤도, 저녁 찬거리를 사러 혹은 친구나 연인을 만나러 나가는 궤도. 그것은 전부 스스로 만들어 낸 것에 불과하기 때문에 한 번 어긋나면, 부럽고도 그립게 바라볼 뿐이라는 것을 이렇게 되고 나서야 비로소 알았다.

그렇다, 마치 유령처럼.

그립네, 다른 사람들처럼 살고 싶네, 하고.

하지만 유령의 삶이란 쾌적한 데다, 조금 더 외롭고 조금 더 진실에 가까워서 몸과 마음이 매일 깎여 나가는 듯한 느낌이 들지만 그 때문에 또한 쾌적해서 돌아오고 싶지 않다고 간절하게 생각한다. 이렇게 무슨 무사처럼 진지한 매일이 보통 사람들의 인생 바로 옆에 있는 줄은 정말 몰랐다.

"이 아파트, 왜 이렇게 텅 빈 느낌이죠?"

내가 물었다.

"아타루 씨와…… 어머니밖에 살지 않나요? 혹시 유령이 나온다고 해서 아무도 살지 않는 건가요?"

"철거하기로 결정 나서 다들 나갔습니다."

그가 대답했다.

"그 말은, 여기가 곧 철거될 거라는 뜻이에요?"

나는 물었다.

"사실은 벌써 없어졌어야 하는데, 이래저래 지연되는 모양이에요. 주인집 딸이 결혼하고 살 집을 지을 거라는데, 주인집 딸의 남편이 지방으로 전근을 가서 내년까지는 나고야에 있는답니다. 그래서 지연됐어요. 그래 봐야 이렇게 낡은 집, 어차피 철거가 머지않겠지만. 도쿄에 일하러 올 때만 사용하는 사람이 하나 있고, 이 길가에 있는 빵가게 사람이 휴게실과 창고로 사용하고 있으니까, 1층에는 사람이 있는 셈이죠."

아타루 씨가 말했다.

"그렇군요……. 그 빵가게에 자주 다녀서 이 앞을 지나다니게 됐어요. 나, 이 집에 방을 빌릴까 싶은데요. 지금도 빌릴 수 있을까요?"

충동적으로 나는 말했다.

"아마, 그럴 겁니다."

그가 거리낌 없이 대답했다.

그런 점이 그의 훌륭한 일면이라는 것을 직감했다.

보통은 좀 곤란하다고 한다든지 망설이는 모습을 보인다든지 자기는 사귀는 사람이 있다고 하든지 돌봐 줄수 없으니 민폐라고 하든지 아무튼 한 번은 거절할 것이다. 그의 시원시원한 거리감이 지금의 내게는 편하게 느껴졌다.

"역 앞에 있는 부동산?"

"네, 중개소이기는 하지만. 철거 일정이 미뤄졌으니까 아마 지금도 세입자를 구하고 있을 거예요. 물어봐 줄까요?"

그가 담담하게 말했다.

"고맙지만, 괜찮아요."

나는 그렇게 대답하고 일어섰다.

그 길로 부동산에 가기 위해.

그는 내게 메모를 써 주면서, 집세와 부동산의 전화번호와 담당자 등의 정보를 빠짐없이 알려 주었다.

내 생명이 움직이라고, 움직이라고 말하고 있었다. 인생에는 결말이 없고, 이뤄야 할 목표도 없다. 그저 흐름이나 움직임이 있을 뿐이다. 가까운 사람의 죽음에도 속시원한 해결책은 없다. 만날 수 없어 한동안 기운 없이 묵직하게, 늪 속에서 버둥거리는 것처럼, 그저 조용히 살아갈 뿐이다. 세계에 색채가 돌아올 때까지.

그럼에도 매일 조금씩 좋은 일은 있다. 가령 창가에 핀 꽃이 예쁘다거나. 비슷하게 암울한 삶을 사는 사람과 희붐한 어둠의 세계에서 이렇게 눈이 마주치거나.

그런 정도의 일을, 예쁜 조가비를 주머니에 넣는 것처럼 힘을 모으는 것밖에 할 수 없다.

방을 빌려 따로 나가는 것에 대해 부모님은 다소 걱정했지만, 왜 자신이 다른 사람처럼 되었는지를 제대로 설명하지 못하던 내가, 새로운 일을 시작한다는 것은 바람직하다고 생각했는지, 아무튼 집에는 자주 들리거라, 하는 식으로 금방 허락해 주었다.

　나는 많지 않은 짐을 꾸려 그 방으로 이사했다. 여행 가방 하나와 이부자리 하나를 싣고서, 부모님에게 빌린 차를 내 손으로 운전했다.

　그날 밤 아타루 씨는 없었다. 가만히 내버려 두는, 그런 점도 좋다고 생각했다.

　나는 다다미방에 벌렁 누워, 참, 이 집에 유령이 살고 있지, 그러니까 유령과 같은 지붕 아래 있는 거네, 생각했다. 조금은 무서웠지만, 크게 신경 쓰이지는 않았다.

　평소 일과대로 예의 가게에 가려 했더니, 마침 아타루 씨가 아파트 현관으로 들어왔다.

　"정말 이사를 왔군요. 이렇게 빨리. 좀 놀랐습니다."

　아타루 씨는 어느 모로 보나 별로 놀랍지 않다는 식

으로 말했다.

"네. 지금 한잔하러 나갈까 하는데 같이 갈래요?"

나는 말했다.

"잘됐군요. 마침 한가한데."

그가 말했다.

그래서 둘이 걸었다. 뭐지, 이 타이밍은? 아무 기대도 하지 않았는데, 제멋대로 일이 착착 진행된다.

"사요코 씨는, 왜 그렇게 늘 남자 같은 차림이에요?"

"엄청난 사고를 당해서, 몸에 프랑켄슈타인처럼 상처가 생겼거든요. 머리도 흉터 있는 부분만 벗겨지는 바람에 거기에는 이제 머리카락도 나지 않을 테니까 아예 싹밀어 버리자 생각했어요. 그래도 나름 신경 쓰고 다니는 건데. 원래 미대생이기도 했고, 형편없이 하고 다녀서는 안 되겠다 싶어서요. 하지만 여자다움에 관해서는, 아무래도 상관없다 싶네요. 안 그래도 남자 같았어요. 나. 어렸을 때. 치마도 안 입고, 밖에서만 놀았거든요. 아무래도 그 시절로 돌아갔나 봐요."

언젠가 전시회 때문에 요이치를 따라 샌프란시스코에 갔을 때, 묵었던 호텔의 아침 뷔페에서 빡빡머리에 병아리 같은 머리가 보송보송하게 난 여자애를 본 적이 있었다. 그녀는 가슴을 당당하게 펴고 가족과 함께 웃는 얼굴로 아침 메뉴를 고르고 있었다. 아마 약물치료를 끝내고 쉬는 시기였으리라. 가족 모두의 얼굴에, 어린 남동생의 얼굴에까지 그녀와 똑같은, 완벽하게 조화로운 하나의 결심이 어려 있었다.

그녀의 결연한 표정이 모두가 나를 어떻게 생각하는지 알고 있다, 하지만 나는 이제 신경 쓰지 않는다, 내가 하고 싶은 일을 한다, 어쩌면 내 인생은 짧을지 모르니까, 하고 말하고 있었다.

그 아름다운 모습에 나도 저렇게 되고 싶다고 생각했던 것이 기억난다. 그래서 이렇게 아주 짧은 머리로 지내는 것이다.

"그 말은, 살면서 여자다운 시기도 있었다는 거네요."

아타루 씨가 말했다.

"그렇죠. 놀랄 만큼 평범한 여자였어요."

지금은 기억도 나지 않는다. 딱 봐도 미대생일 듯한 그 여자. 영화와 예술을 좋아하고, 온 나라의 전시회를 찾아다니고, 돌아와서는 친구와 달콤한 걸 먹으며 얘기를 나누면서 본 것을 머릿속으로 되새겼던 그 여자. 그건 누구였을까. 지금은 다들 나를 미대 계통의 여자로 봐주기보다는 여러 가지 의미에서 구사마 야요이[8]를 보는 듯이 바라본다.

"지금이 좋은 것 같은데요. 그런 느낌이 드는데, 왠지."

아타루 씨가 말했다.

어두운 창문을 올려다보았지만, 사잔카 씨는 없었다. 밤에는 유령도 어딘가로 돌아가는 것일까. 아니면 내가 야맹증인 것일까.

"저, 분명하게 말해도 괜찮을까요? 아타루 씨, 게이죠?"

나는 용기를 내어 말했다.

"마음은 최강 마마보이, 몸은 기본적으로는 게이."

아타루 씨의 대답에 나는 안도했다.

안도하면서 아타루 씨의 손을 잡았다.

"아, 안심이네. 만약 그렇지 않다면, 내가 이렇게 이사 온 거, 성가신 일이 될 수도 있으니까."

"현재는 사귀는 사람이 없는데요."

---

8 일본의 예술가로 강박증과 환각을 겪으며 본 세계를 작품에 투영했다.

아타루 씨가 말했다.

"지금, 사람과 손을 꼭 잡고 싶었어요."

나는 말했다.

"사람하고 손을 잡는 데 굶주려 있거든요."

사람의 손은 따스하고, 생각보다 작았다. 아, 요이치 손이 훨씬 컸기 때문인가. 철을 다루는 우람하고 크고 부드러운 손. 그런 것조차 오랜만에 떠올렸다.

갑자기 밤길이 서글퍼 보였다. 별 돋은 하늘이 좁아지는 느낌. 아 그래, 이런 기분이었지, 사람과 손을 잡고 걸어가는 거. 경치가 갑자기 한 사람 몫이 아니게 되지. 얼마 전까지 당연했던 일이 이렇게 그립다니.

최강 마마보이, 그 솔직한 표현도 오히려 나를 안심시켰다.

이렇게 정직한 사람이라면 친구가 될 수 있을지도 모르지, 하고 생각했다. 그런 식으로 마음이 움직인 것은 참 오랜만이었다.

엄마의 유령이 있는 아파트로 이사 와, 매일 꽃과 물을 바치는 이상한 사람이 지금의 내게는 딱 어울린다.

남자와 같이 마시러 왔다고, 신가키 씨는 평소보다 한결 친절하고 붙임성 있게 굴었다.

한 잔을 공짜로 주기도 했고, 가게에 늘 있는 유령도 그날 밤에는 모습을 보이지 않았다.

나는 무엇보다 이사를 마친 해방감으로 가득했다. 이사를 한 첫날밤의 밥은 각별한 것이다.

앞으로 어떤 나날이 시작될지, 예상할 수 없는 느낌이 최고다.

평소에 늘 다니는 가게라도 다른 방향에서 다른 사람이 걸어 들어오면 다른 가게처럼 보인다.

그런 때, 그 무지개의 세계와 살짝 이어지는 기분이 든다.

그 장소가 머릿속에 젤리처럼 들어와 있는 것이다. 삶과 죽음 사이의 저 아름다운 장소. 그 나날의 꿈이 녹고 뒤섞이며 나의 일상을 침범하고 있다. 내 마음은 아직도 절반은 그 무지개 언저리에서 할아버지와 오토바이를 타고 있었다.

그 장소의 공기를, 영혼의 어느 부분이 아직도 여전히 숨 쉬고 있는지도 모른다. 딱 절반. 아름다운 바닷물 속에 머리를 담그고 딱 절반은 뭍을, 나머지 절반은 물속 세계를 보고 있는 것과 똑같은 감각이었다. 언제나 그 무지개의 세계와 이어져 있었다.

예전의 나는 요이치 앞에서는 꼭 눈썹을 그리고 있었지, 혼자 있을 때는 책상다리를 하고 있으면서 그 사람 앞에서는 두 다리를 옆으로 모아서 앉고 말이야. 그렇게 말을 걸 수 있을 정도로 예전의 내가 타인으로 느껴졌다. 참 귀여웠지, 열심이었고.

결정적으로 변하는 것을 원하는 사람은 많지만, 결정적으로 변하는 것의 본질을 들여다보는 사람은 아주 적다. 나도 그랬다. 보다 강한 나로 변할 수 있다면, 하고 바랐다. 하지만 변한다는 것은 폭력적으로 시간을 뒤트는 일이다. 조금 전까지 있던 사람이 없다, 한탄을 하려고 해도 한탄할 수 있는 토대가 없다. 추억에 잠기려 해도 이미 다른 사람이 되었기 때문에 돌아볼 수가 없다 어떻게 변했는지조차, 알 수 없다. 그저 막연하게 변했을 뿐이다.

"교토는 참 좋아요."

카운터에서 아와모리를 마시면서 나는 중얼거렸다.

"일 때문이기는 하지만, 이번 달에는 교토의 초여름 녹음을 볼 수 있으니까."

그 생각을 하면, 꿈인 것처럼 기뻤다.

혼자 신칸센을 타고, 역 앞에서 버스를 타고, 교토타워 옆을 지나 그의 아틀리에로 가는 것은 더없이 외로운 행동인데, 호수 바닥에 있는 듯한 그 감각은 유일하게 나의 마음을 부추겼다. 교토의 아름다운 경치를 보면 볼수록, 외로워졌다가는 그 행복함이 찡하게 저며 온다.

도쿄에서 느끼는 외로움은 그저 외로움일 뿐이다. 자연이 살아 있는 경치가 위로해 주지 않으니까. 마음이 움츠러들어 있으니까.

"그렇게 좋다면서 왜 교토에 안 살아요?"

아타루 씨가 물었다.

"지낼 곳도 있는데."

"도저히 그럴 마음이 생기지 않았어요, 당시에는. 게다가 수술하고 병원에 다니느라 부모님 집에 있어야 했고. 그런데 왜 교토가 아닌 곳에서 혼자 살기 시작했는지 잘 모르겠네요. 하지만 이제 아틀리에를 돌려줘야 하니까, 교토에 있을 이유가 없기는 해요. 아쉽지만."

나는 말했다.

신가키 씨는 그런 우리의 대화를 묵묵히 듣고 있었다. 간혹 눈이 마주치면 싱긋 웃었다. 육체를 지니고 살아가는 사람의 살아 있는 얼굴이었다.

오늘따라 세 잔이나 술을 마셔 조금 어질어질해진 나는 아타루 씨와 함께 밤길을 걸어 돌아갔다. 학생이 하숙집으로 돌아가는 것처럼.

취하면 유령과 사람의 구별이 완전히 없어지고 만다. 길을 가다 앉아 있는 사람을 자세히 보면, 조금 투명하게 보이거나 어딘가 다쳐 있곤 했다. 그런 것마저 내게는 배경의 일부였다. 취하면 편해지니까, 매일 마셨다.

"그 아저씨, 사요코 씨에게 반했나 보던데요."

아타루 씨가 말했다.

"그럴 리가!"

"이렇게 둔감한데 연애를 참 용케 했네요."

아타루 씨가 눈을 동그랗게 뜨고서 말했다.

"어차피 그런 거죠. 딱 한 번밖에 하지 않았고, 그 시절의 자신도 완전히 잃어버렸으니까."

나는 말했다.

"인생이 그렇게까지 깔끔해지는 일은 좀처럼 없어요. 앞으로는 잘되는 길일 겁니다."

아타루 씨가 말했다.

아스팔트가 반짝반짝 빛나 보였다. 잘되는 길일 겁니다. 얼마나 좋은 말인지.

하지만 나는 이렇게 말했다.

"하지만, 지금도 좋은 길이에요, 나는 그렇게 생각해요."

말하는 사이, 얼굴에 절로 미소가 번졌다.

내가 이렇게 감사하는 기분을 말로 하면, 거의 모두가 '긍정적이려고 억지로 애쓴다.' 하며 슬픈 표정을 짓든지, 임사 체험을 하면 그렇게 되는 모양이지, 하는 얘기를 시작한다. 하지만 아니다. 더없이 감사하는 이 생생한 느낌은 슬픔과는 전혀 무관하게 존재하는 것이다.

"그러네요. 지금 우리 좋은 길을 걸어가고 있군요."

아타루 씨가 마음에 스미는 말을 했다. 어떻게 통했을까, 적당히 하는 대답이 아니라, 똑같이 느끼고 있다고 확신할 수 있었다.

"장을 다치면, 배에 힘이 안 들어가요."

나는 말했다.

"그래서 조심조심 살고 있어요. 하지만 조심조심 살다 보니까 많은 것들이 눈에 보이고, 많은 것들의 고마움을 알게 되네요. 내내 조심하고 있어요. 장을 위해서. 장이 정말 아팠겠다는 걸 잊을 때까지."

"장이 언젠가는 잊어 줄 거예요. 다른 누구도 아니고 그쪽의 장이니까."

아타루 씨가 말했다. 몇 십 년 세월을 함께 한 친구처럼. 내 긴 장까지도 오랜 친구인 것처럼.

"그건 그렇고, 어떻게 생각하는데, 그 술집 아저씨?"

"말을 놓았네. 아직 세 번밖에 안 본 사이인데."

나는 말했다.

"어때, 옆집에 사는 사람인데."

그가 말했다.

"괜찮기는 하지만…… 나는 술집 하는 남자는 싫네. 생활 시간대도 들쭉날쭉하고. 언제나 술이 가까이에 있고, 여자에게 인기도 많고."

나는 말했다.

"듣고 보니 그렇군. 그래서로군. 그럼, 인연이 없겠구나."

아타루 씨가 말했다.

그런 얘기를 하면서 걸었다. 마음이 참 편했다. 밤중에 집에 들어가면, 부모님이 남몰래 나와 내 앞날을 걱정하면서, 보고도 못 본 척하는 기척이 집 안에 고여 있었다. 그 기척이 없어진 것만 해도 몸이 가벼웠다.

내가 왜 이렇게 변했는지를 부모님에게는 말할 수 없었다. 유령이 보인다는 말도 할 수 없고, 그래서 마음속이 변질되었다는 사실도 제대로 설명할 자신이 없었다. 딱하다는 눈빛으로 자신을 쳐다보는 부모님을 상상하면 행복하지 않으니까, 의지하지 않고 내 안에 담고 견디려는 마음만이 원동력이었으니까.

엄마, 아빠! 어떡해. 큰일났어, 내가 이상해진 것 같아, 어린애로 돌아간 것 같아. 그렇게 말하고 울면서 두 사람의 침대로 뛰어들 수 있다면 얼마나 좋을까. 깊은 밤의 조용한 방, 아련한 스탠드 불빛 속으로.

밤의 창문 밖에는 어렸을 때부터 보아 온 커다란 나무 그림자가 여전히 마당에 있을 테고, 부모님도 변함없이 나를 꼭 안아 줄 것이다.

어린 나를 지켜 주었던 부모님의 냄새, 집 냄새에 감

싸인 채 지금으로부터 도망쳐 사라지고 싶다.

하지만, 그러지 않는다. 그런 짓을 할 리가 없다. 그러면 앞으로의 자신을 버틸 수 없다.

조금은 외롭지만, 둥실 불어오는 자유로운 바람. 막 어른이 된 자신의 풋풋한 냄새.

쓸쓸하기는 해도 진실에 조금이라도 가까운 곳에 있으면 경치가 좋고 무엇이든 맑아 보여 기분이 상쾌하다.

아파트 앞에 도착해 창문을 올려다보니, 사잔카 아주머니가 보였다. 방글거리며 우리를 보고 있었다.

눈시울이 찡할 정도로 웃는 얼굴이 행복해 보여서, 아타루 씨에게도 보이면 좋을 텐데 그런 일은 없겠지, 하고 생각하면서 손을 흔들었다. 아타루 씨도 보이지는 않지만 어머니에게 손을 흔들었다.

그가 보이지 않는 어머니에게 손을 흔드는 심정을 생각하자 애처로웠다.

그런 내 마음을 헤아렸는지, 그가 말했다.

"간병이든 수발이든 하고 싶었는데, 몸이 있는 동안에는 보살피게 해 주지 않았어."

육체가 있다는 것의 무게와 기쁨에 대해 생각했다. 아

무도 없는 방에서 꽃을 바치고 향을 피우는 건 쉬운 일일지도 모르겠지만, 무척 슬프다.

"이런 말을 하면 다들 돌아가시고 나니까 하는 소리라고 해. 틀린 말은 아니지만, 그래도 뭐가 어찌 되었든 살아 있었으면 했어. 돌아가신 다음에 이렇게 보살피는 것밖에 할 수 없으니, 정말 슬퍼."

아타루 씨는 그렇게 말했다.

나는 그저 고개를 끄덕였다.

신가키 씨가 내게 관심을 보이는 것은 알고 있었다.

하지만 도리가 없어서, 아는 척할 수도 없었다.

약속을 해서 만나고, 술을 마시며 마음 설레는 것, 그런 모든 것이 무언가와 이어질 것 같아서였다. 내 인생에 당분간은 그런 일이 없어도 좋다고 진심으로 생각했다. 지금의 생활 속에서 그냥 내버려 둔 것이 언젠가 발효된다면, 그건 그때 가서 보자는 정도의 심경이었다.

하지만 그렇게 권태감에 젖어 느긋한, 그러면서도 인

기 있는 여자인 체하고 있을 때가 아니었다.

"시끄러워서 잘 수가 없네!"

한밤중 잠결에 그렇게 말한 나는 내 목소리에 잠이 싹 달아나고 말았다.

그런데도 시끄러움은 조금도 가시지 않았다.

아파트 전체가 웅성웅성거렸다. 온갖 목소리와 소음……. 아파트 전체에 사람이 살고 있고, 비 내리는 일요일의 오후라 아무도 나가지 않고 각자 자기 집에다 사람을 불러 놓고 소란을 피우는 듯한, 그런 느낌.

"아, 어쩌지."

나는 중얼거렸다.

아마도 이곳은 어딘가로 가는 길목이거나 차원이 엇갈리는 틈새일 것이고, 그래서 아타루 씨의 어머니도 돌아다닐 수 있는 것이리라.

"뭐라고 했어?"

문밖에서 아타루 씨가 묻는 소리가 들렸다.

"시끄러워서 잠을 못 자겠어."

나는 말했다.

"지내다 보면 익숙해질 거야."

아타루 씨가 태연한 목소리로 성가시다는 듯이 그렇게 말해, 나는 문을 열었다.

"어떻게 익숙해져. 좋은 일도 아닌데. 여기, 그냥 유령 아파트인 거 아냐?"

나는 말했다.

마치 쥐나 바퀴벌레의 소리였던 것처럼, 우리가 대화를 시작하자 갖가지 소리들이 쏙 잦아들었다.

"이런 데니까 어머니도 아직 꿈을 꿀 수 있는 거지. 나도 그게 좋은 일이라고는 생각 안 해. 하지만 어차피 이 아파트는 철거될 거니까, 그때까지는 그냥 내버려 둬도 되잖아. 하늘로 빨리 올라가는 게 좋다고, 그걸 누가 정한 거냐고. 하늘의 시간 감각은 1년이나 10년이나 크게 다르지 않을 텐데."

아타루 씨가 그렇게 말했다.

"하긴, 정말 그럴지도 모르지."

나는 의외로 순순히 고개를 끄덕였다. 충분히 수긍이 갔기 때문이다.

그러네, 하고 생각했다. 저세상으로 편히 갔으면 좋겠다느니, 역시 옆에 있어 줬으면 좋겠다느니 바라는 것은 살아 있는 인간의 사정이지, 사실 삶과 죽음은 훨씬 더 거대한 힘과 자연의 섭리 아래 돌고 도는지도 모른다.

"알겠어, 익숙해지도록 해 볼게. 이미 이사 왔으니까."

나는 말했다.

"잘 자."

문을 닫고 잠을 청하려 했더니 또 자글자글하는 소리가 들리고 온갖 기척이 느껴지기 시작했다. 무섭다거나 어떻다기보다, 참 큰일이네, 정말 내 머리가 이상해졌나 봐, 하고 생각했다. 진짜 이상한 사람과 이상한 집에 살고 있다. 하지만 어떻게든 되겠지 싶은 마음은 오히려 기분 좋았다. 무섭지 않았다. 이렇게 된 거 가는 데까지 가 보지 뭐, 하고 생각했다. 심장이 움직이고, 숨을 쉬고 있다. 그게 다라는 느낌을 오랜만에 만끽했다.

잠이 들까 말까 할 무렵에, 사잔카 아주머니의 모습을 희미하게 보았다.

긴 머리. 아주 조용하고 자연스러운, 면 옷만 입었겠

지 싶은 소탈하고 귀여운 여자. 방은 단순하고, 늘 깨끗하게 청소하고, 식사를 준비하고, 생기발랄하게 먹고, 설거지를 하고, 다만 삶을 살아갔을 뿐인. 그리고 평생을 함께 하자고 결심한 연인을 한껏 사랑했다.

방긋거리는 모습 외에는 거의 본 적이 없었지만, 정말 귀여운 얼굴이었다. 이렇다 할 특징 없이 수수해 보이는데, 자세히 보면 하나하나가 묘하리만큼 단정했다. 그럴 수 있는 것은 그녀 마음이 언제나 평온하고 단정했기 때문이리라.

마음이 예쁜 사람은 죽어서도 예쁜 장소에 있네, 하고 꿈속의 나는 어렴풋이 생각했다. 엷은 보라색과 분홍색, 파란색이 섞인 아름다운 빛의 세계에 그녀는 서 있었다.

'그러고 보니 아타루 씨가 무슨 일을 하는지 모르는군.' 하고 생각하면서 잠의 어둠 속으로 가라앉아 갈 즈음, 나는 요이치가 죽은 후 처음으로 그가 나오는 꿈을 꾸었다.

요이치는 교토의 아틀리에에서 작품의 설계도 격인, 그가 아니면 해독할 수 없는 스케치를 하고 있었다. 나는 늘 그랬던 것처럼 그의 덩치 큰 몸과, 재주는 많아도 투박

한 손과 푸석푸석한 머리를 바라보았다.

나는 거기에 있는 나 자신에게 소리 없이 놀랐다.

요이치가 돌아보았다. 아주 평온한 얼굴이었다. 후련해하는 듯도 하고 빛이 나는 것도 같은 표정이었다.

"그러니까 차에다 쇠막대기 싣지 말라고 내가 몇 번이나 말했잖아."

내가 말했다.

그러고는 꿈속의 자신에게 쑥 들어가고 싶어졌다.

"꿈에서 처음 만났는데, 하고 싶은 말이 산더미처럼 많았는데, 거기서 일이나 하고 있는 거야?"

그는 미안, 하고 말하기 직전의 정다운 표정을 지었다. 그리고 나는 다시 잠 속으로 곤히 빠져들었다.

기억나는 것은 그의 어깨 너머 창밖으로 교토의 빛과 녹음이 하나 가득히, 마치 산이 가까이에 있으면 무서울 게 조금도 없을 듯 경치가 펼쳐져 있었다는 것뿐.

그리고 꿈속에서는 쇠막대기 때문에 뾰로통하게 화가 나 있었는데, 왜 그랬는지 동시에 나는 그에게 진심으로 고맙다고 말한 다음의 기분으로 가득했다. 가슴속에서 탄산처럼 방울방울 상큼한 기운이 솟아올라, 마음과 얼굴과 뇌에 새겨진 슬픔의 얼룩이 씻겨 나가는 듯했다.

아직도 그런 게 있었구나, 생각할 정도로 끈끈한 흙탕 같은 것이 떠올라서는 흘러갔다.

아침 햇살에 눈을 떴을 때, 나는 생각했다.

뭐야, 지금 그건, 전부 힌트뿐이잖아……. 확실하게는 아무것도 알 수 없었다.

게다가 얘기도 제대로 나누지 못했다. 힘들게 그를 만났는데.

뭐, 그런 건지도 모른다. 그런 거라서, 분명하지 않기 때문에 오히려 퍼즐 수수께끼를 푸는 기분으로 살아갈 수 있는 건지도 모른다.

어쩌다 우연히 아타루 씨가 무슨 일을 하는지 알게 되었다.

이사한 지 사흘째 되는 밤, 신가키 씨의 바에서 한잔 하고 있을 때였다.

이틀째 밤에도 자글자글한 소리가 들린 탓에 잠을 설

첫다. 하지만 이틀째에는 사잔카 아주머니도 요이치도 나오지 않았다. 단편적인 꿈이 조각조각 반짝이며 한없이 방 안을 떠다녔다.

그런데도 아침 햇살 속에서 나는 영양이라도 섭취한 듯한 기분을 느꼈다. 말 그대로 익숙해지는가 보다. 고속도로 옆에 사는 사람이 자동차 소리에 익숙해지는 것처럼.

오랜만에 쉬면서 충전한, 그런 느낌이었다.

나는 이 세상의 공기로는 회복되지 않는 것이리라. 그런 생각까지 들었지만, 뭐 어때, 싶었다.

집에 옷가지를 가지러 갔다가 돌아오는 길에 가게에 들렀다.

"여행이라도 떠나는 거야?"

신가키 씨가 나의 커다란 짐을 보더니 물었다.

"교토에. 새 집에서 쓸 것을 이것저것 챙기다 보니 이렇게 많아졌네요."

나는 웃었다.

"얼마 전에 같이 왔던 사람은 애인?"

신가키 씨는 오리온 맥주를 카운터에 올려놓으면서 말했다.

"그 사람, 게이라던데."

내가 대답했다.

그러자 신가키 씨가 묘한 반응을 보였다.

갑자기 운 것이다.

나는 너무 놀라서 그의 행동을 슬로모션을 보듯 물끄러미 바라보았다.

그의 눈에 눈물이 그렁그렁했다. 한참이 지나서야 그 자신도 그걸 깨닫고는 손등으로 쓱쓱 눈물을 닦았다. 뭐라 말할 수 없이 동물적인, 가슴이 찡해지는 몸짓이었다.

"내가 어떻게 된 거지."

그가 그렇게 말했다.

"미안해. 좀 피곤한가 봐."

오키나와 사람 특유의 커다란 눈에 눈물, 그것만으로도 이상한 일이었다. 내 마음이 휘청 움직였다. 사고 이후로, 처음 움직였다.

그를 좋아하는 것은 아니어도 의지는 하고 있었다.

거리를 좁히고 싶지는 않았지만, 언제까지 지금 상태를 유지할 마음도 아니었다.

가장 마음에 드는 부분은, 밤에 하는 일을 하면서도

밤의 세계에 때 묻지 않은 점이었다. 사람을 만나고 싶고 재미있어서 가게를 하고 있을 뿐이지 자신은 거의 마시지 않는다는, 그런 인상이 또렷한 게 좋았다.

"그 사람, 아마 전에 산겐자야에서 가게 했을 거야. 지금도 하는지 모르겠군."

신가키 씨는 아직도 수건으로 눈가를 쓱쓱 닦으면서 말했다.

"어? 난 모르는데요."

"전설의 옥상 온실 바 같은 거. 널찍하고, 식물이 가득하고…… 지금도 있지 싶은데. 잡지에서 본 적도 있고, 나 그 가게에 몇 번 간 적도 있으니까, 틀림없을 거야."

신가키 씨가 말했다.

그렇게 맹한 사람이 경영을 하고 가게를 꾸려 갈 수 있을까. 도무지 믿기지 않았다. 밤늦게 자고 아침 늦게 일어나 어머니의 방을 치우고 꽃병의 물을 바꾸고, 그러고는 간혹 밖에 나가는 것 같은데 그 가게에 가는 거였나.

여러 가지로 혼란스러워서 나는 겉으로는 침착해 보였을 테지만 속으로는 당황하고 있었다.

아무튼 방으로 돌아와, 옷가지가 담긴 주머니를 내던지고 창문을 열어 보았다.

이제 막 살기 시작한 방에 옷을 펼쳐 놓고 있자니 많은 것들이 자유로워진 듯한 기분이 들었다. 사소하지만 아주 소중한 일이었다.

오랫동안 함께 살았던 사람과 헤어진 여자가 했던 말이 떠올랐다. 자기가 산 컵을 자기만의 공간에 놓아두는 장면이 보고 싶은, 줄곧 그런 마음이었다고.

그 말을 들었을 때에는 '겨우 그 정도?' 하고 생각했지만 이제야 비로소 알 것 같았다.

집이 있어 다행이었고, 의지할 곳 하나 없는 나를 부모님이 기꺼이 받아 준 것도 눈물이 날 정도로 고마웠다. 갑자기 내일부터 갈 곳이 없어졌다는 기분을 한 번 느껴 보고 나니 무조건 받아들여 준 부모님에게 감사하지 않을 수 없었다. 사고 후, 만약 내가 혼자였다면 과연 나는 살아남을 수 있었을까.

진심으로 그렇게 생각하고 있어도, 역시 나만의 공간

이 필요했던 것 같다.

그리고 또 갑자기 그것을 얻게 되어, 나는 좀 멍해져 있었다.

창밖에는 아스팔트 도로가 있었다. 모두가 그저 통과하는 평범한 길. 가로등이 어슴푸레 길을 비추고 있었다.

멀리서 차 소리가 희미하게 울렸다.

벽이 옆 아파트와 닿을 듯 말 듯하고, 그 벽에 달린 창문으로 옆 아파트의 창문이 바로 보였다. 창문을 열고 얼굴을 내밀어 보았다. 문득 고양이 울음 같은 소리가 들려 또 영혼의 세계와 이어졌나 하고 귀를 기울였더니, 남녀가 몸을 섞고 있는 소리였다. 실제 상황인지 누가 성인 비디오를 보고 있는 것인지는 모르겠지만, 아무튼 여자가 격하게 신음하고 있었다. 가만히 그 소리를 듣고 있었더니, 몹시 쓸쓸해졌다. 다른 누구도 필요로 하지 않는 그 느낌은 욕망을 부추기지 않았고, 벽 사이로 울리는 소리도 내가 외톨이로 밤의 창가에 있다는 사실만을 부각시켰다.

외롭네……. 나는 조그만 소리로 그렇게 중얼거렸다.

물리적으로 혼자라는 사실의 쓸쓸함이 불쑥 저며 왔다.

정말 외로운 것과는 달랐다. 나는 소중한 사람을 하나 잃기는 했지만, 그 사람은 내가 싫어 떠난 것이 아니었다. 가족들에게는 사랑받고 있고, 할아버지도 그때 와 주었고, 사랑하던 개도 나를 올려다보았고, 새 친구도(겨우 세 명, 그중 하나는 유령.) 생기는 중이니까 나쁘지 않잖아, 하고 그 사람들을 떠올리며 사랑스럽게 생각했다.

또 마냥 낙천적인 생각이지만, 그저 있는 힘을 다해 사는 것으로 이 세상과 모두에게 무언가를 갚아 갈 수 있을 듯한 기분도 들었다.

그를 통해 알게 된 친구와 아르바이트하는 그의 미대 후배들은 모두 교토에 있고, 이쪽 친구들은 내가 머리를 다쳐 기억을 잃은 탓에 이렇게 변했구나 생각하는 듯하다. 그런 그들의 당황해하는 모습에 다소 풀이 죽은 나는 요즘 신가키 씨하고만 친하게 지내고 있는데 그 관계조차 조금씩 변해 가고 있다. 인생은 언제나 흐르고 있다. 그런 생각을 하고 있자니 마음이 편해져, 윽윽 신음하는 여자의 목소리가 귀여운 배경 음악으로 여겨졌다. 고독하다 느꼈던 것은, 자신에게만 몰입해 있는 그녀에게 내가 소외당한 듯해서였다.

하지만 저 사람들도 섹스가 끝나면 숨을 몰아쉬며 녹차나 술을 마시고 쿨쿨 잠이 들 테니, 인간이란 참 똑같이 귀여운 생물이다.

나이와 함께 죽음의 분량이 늘어나는 것이 아니다. 죽음은 늘 옆에 있다. 다만 죽음의 추억이 늘어날 뿐. 그래서 자신은 안전하다는 착각에 빠져 있을 뿐.

도망치지 않는다. 나는 도망치지 않는다고 생각했을 때 비로소 얼을 떨어뜨렸다는 말의 의미를 이해한 것 같다. 이렇게 죽음에 익숙해진 이 느낌, 여행지의 숙소에서 밤에 혼자가 되었을 때, 자신의 백그라운드를 하얗게 잊고 외톨이가 되었을 때의 느낌과 아주 비슷하다.

다리를 쭉 뻗고 앉아 저녁밥 대신 마을 바게트와 오이를 먹는 것 하나에도 가슴이 설렜다.

오랜만에 하는 혼자 생활, 집에서는 약간 조심스럽게 굴었지만 여기에서는 너저분하게 먹으면서 노트북을 열 수도 있다.

인터넷으로 검색해 보았더니, 아타루 씨는 정말 가게를 하고 있었다. '사잔카'라는 이름의 온실 바였다. 아타루 씨의 원래 집이었을 장소의 옥상 온실에서 하고 있는 듯했다. 바나나와 선인장과 난이 뒤죽박죽 섞인, 밀림처럼 어둡고 으슥한 공간에 카운터가 있고, 그 안에 서 있는 아타루 씨의 모습이 살짝 찍혀 있었다.

하지만 어머니가 돌아가신 즈음부터, 그의 이름은 전혀 등장하지 않았다. '사잔카'는 아직 있는 것 같았지만, 지금의 주인은 같이 가게를 하고 있는 니시카타 기타카제 씨, 그의 누나 이름이다. 주말에만 문을 연다고 한다.

잠이 쏟아진 나는 그대로 드러누워 배에 방석을 올려놓고 선잠이 들었다. 집에서도 생활 시간이 엉망이었지만, 어떤 시간에 어떻게 자든 신경 쓸 게 전혀 없다는 건 이상한 곳에서 이상한 꿈만 꾸느라 잠이 얕아진 지금의 내게 더없이 어울린다는 느낌이다.

무겁고 묵직한, 죽은 자들의 영혼과 소망과 기도가 섞인 밤의 공기, 다 같이 조금씩 짊어지고 살면 언젠가는 가벼워진다. 그러다 죽으면 주위 사람들에게 조금씩 짊어지게 하는 거야. 산 것으로 살다가, 산 것으로 죽고 싶어.

큰 꿈이 무슨 소용이람.

그런 생각을 하며 잠든 탓일까, 사잔카 아주머니가 또 꿈에 나왔다.

다다미에 납죽 앉아, 다리를 쭉 뻗은 모습으로. 양말 바닥은 일상의 때가 묻어 있었고, 무릎은 주름져 있었다. 인형도 유령도 아닌 산 여자였던 시절의 그녀를 떠올려 보았다.

그녀에게 무슨 말을 했는데, 꿈속이라서 무슨 말이었는지는 애매하다. 다만 삶과 죽음의 경계에 대해 생각할 뿐이다. 존재한다. 그곳이 천국이든 지옥이든 꿈속이든.

그리고 교토 꿈을 꾸었다.

원래부터 교토에 살던 사람은 어쩌면 모를 수 있지만, 교토는 군데군데가 꿈속 세계 같은 곳이었다. 피안에 가까운 장소가 몇 군데나 숨어 있었다.

거리가 빛과 똑같은 양만큼의 어둠을 품고 있기에, 아름다움에 깊이가 있는 듯하다.

길 사이사이로 언제든 짙은 색의 산이 보이는 것처럼, 그 사람의 옆얼굴과 뒷모습 너머에는 언제든 교토가 있었다. 함께 지낸 시간이 교토의 시간이었다. 북쪽으로 올라가면 가모 강이 펼쳐지는 그 장소. 해거름이면 강에서 소리 없이 어둠이 피어오른다. 그리고 거리가 금색 빛으로 싸이면 하루도 막을 내린다. 비가 나무들을 촉촉하게 적시며 키우는, 자연이 풍성한 곳. 언제든 몸을 피할 수 있고, 어디서든 목숨을 잃을 수 있다. 그런 섬뜩한 두려움이 있는 도시.

그리고 그런 곳에 살면서 작품을 만들었던 그 사람 안에 흐르던 시간도, 밤이면 아무런 암시 없이 압도적인 어둠이 엄습하는 시간이었을 것이다. 시간에 쫓기기 전에, 자연의 변화와 함께 시간이 밀려오는 그곳.

머릿속으로 몇 번이나 짐을 꾸리고, 몇 번이나 역으로 향하는 꿈을 꾸었다.

꿈속에서 할아버지의 얘기도 어렴풋이 들었다.

젊었던 시절, 캘리포니아의 산속 공동체에서 히피로 살았던 할아버지는 옛날에는 곧잘 대학에서 특별 강연도 하고, 비영리 단체 사람들의 초대로 히피 라이프에 대한 얘기를 하곤 했다. 그 시절과 비슷한, 낭랑한 목소리였다.

"동종 요법이다 예방 접종이다 하는 게 있잖아? 그런 것과 마찬가지야. 목숨이 위태롭다고 판단한 사요코의 본

능이 이쪽 세계와 그쪽 세계를 미묘하게 섞는 편이 안전하겠다고 진단한 거지. 그래서 지금 섞여 있는 건데, 몸에 뚫린 구멍이 아물어서 건강을 되찾게 되면, 생활이 있는 그쪽 세계만 남을 거야. 그렇게 되면, 지금의 그 이상한 시기를 무척 그리워하겠지. 이 시기가 사요코의 평생을 지지해 줄 거다. 그러니, 즐기면 돼. 지금밖에 없는 재미난 시기라 여기고 즐기면 되는 거야."

할아버지, 할아버지, 나, 배에 뚫린 구멍은 벌써 막혔는데요. 나는 필사적으로 반론했다.

"몸에 구멍이 뚫린다는 건, 몸 주위에 있는 눈에 보이지 않는 물질에도 구멍이 뚫린다는 얘기야. 때로는 그 구멍이 막히는 데 더 시간이 걸리기도 한단다."

할아버지가 말했다.

"그리고 불안해지는 것도, 배에 구멍이 뚫린 사람의 특징이다. 나쓰메 소세키가 인생 후반에 쓴 소설을 보렴. 외부에서 불안이 밀려오는 것처럼 보여도, 실은 몸의 안쪽, 그러니까 내장이 불안한 거야. 하지만 안과 밖은 같은 거니까, 인간이란 실로 골치가 아픈 것이지. 몸이 없어지고 나면 잘 알게 돼."

스위트 히어애프터

나는 묘하게 수긍했다. 그리고 장면은 옛날에 할아버지와 함께 피웠던 모닥불 광경으로 바뀌었다.

모닥불이 빨갛게 비쳐 내 얼굴로 할아버지 얼굴도 마치 돼지 통구이 같은 색이었다. 어두운 마당에 오렌지 색 불길이 타올라, 마치 영원한 연애가 거기 있는 듯 신비롭고 가슴 설렜다. 불꽃이 만드는 갖가지 형태는 순간의 약속을 하고는 허망하게 사라져 갔다. 나는 그냥 고구마가 구워지기만을 기다렸지만, 기다리는 것은 사실 군고구마가 아니라는 느낌이 들었었다. 단락을 기다리고 있었다. 앞을 서두르고 있었다. 더 보고 싶은데, 어떻게 되는 거야? 불은 언제 꺼지는데? 어두워지면 또 갑자기 나무들 소리가 들리는 거야?

"아무것도 없는 곳에서 불이 생기고, 그것이 타올라 마침내는 꺼지지 않더냐. 그다음에는 숯과 재가 되지. 다 똑같은 과정을 밟게 돼 있어. 그 과정을 최대한 오래 끌어라. 앞을 보고 싶은 마음에 조급하게 굴지 말고. 끈기를 갖고 오래오래 버티면서 한 걸음이라도 늦게 쌓아 가는 거야."

할아버지는 그렇게 말했다.

"커피, 마실래?"

문밖에서 들려오는 아타루 씨 목소리에 나는 눈을 떴다.

"마치 귓가에서 속삭이는 것처럼 들리네."

"벽이랑 문이 얇아서 그렇지 뭐."

그는 웃었다. 문틈으로 그윽한 커피 향까지 풍겨 왔다.

"고마워……. 잘 마실게."

나는 드러누운 채 문을 열고, 포트를 들고 서 있는 그를 올려다보았다.

"이 집, 수런수런한 기척이 너무 느껴져서 잠을 깊이 잘 수가 없어."

나는 말했다.

여행을 하느라 잠이 부족할 때처럼, 꿈의 연장인 것처럼 모든 게 포근하고 행복하게 느껴졌다. 하루하루가 끊임없이 낳는 공기, 아침의 탱글탱글한 빛 속에서는 모든 것이 움직인다.

"그래, 점점 약해지지. 그래서 또 좋은 거야. 지금 시기에는. 약해지고 옅어진 다음에 다시 살아날 수 있을지가 관건이잖아. 살아나면 나처럼 강해질 거야."

그가 웃었다.

"굳이 스스로 실험할 것까지 없잖아, 무슨 일이든."

나는 그렇게 말하면서 일어났다.

아타루 씨가 컵도 두 개 들고 있기에, 우리 둘은 그 자리에 앉아 커피를 마시기 시작했다. 어제 먹고 남은 마늘 바게트를 조금씩 먹으면서. 아침 해는 어느 거리에도 고루 아름답고 하얀 빛을 뿌리고, 온갖 것을 싹 쓸어 어제의 세계로 가져갔다. 또 아침이 왔다. 이 얼마나 멋진 일인가. 이 얼마나 꿈같은 시스템인가. 인간이 제아무리 대단한 사고를 한다 한들, 여기까지는 따라올 수 없다. 억지로 밝게 하는 것 외에는, 모든 일을 리셋하거나 백지로 돌릴 방법은 없다. 이 흐름에 올라 있으면 생명이 있는 한 반드시 살아남을 수 있다. 태양도 얼마나 굉장한지 모르겠다. 감동하게 된다.

"이제 곧 교토에 갈 거니까, 집 좀 비울게. 이사하자마자긴 해도."

나는 말했다.

"그렇군. 그럼 마지막 밤에 나도 합류할까. 떡 요리도 좋고, 그 옆에 있는 곱창 구이집이나 '요시야'에 가도 좋고. 아무튼 그렇게 비싸지 않은 가게에서 맛있게 먹고 싶군. '신메'도 좋겠는데, 그 가게의 비프커틀릿도 먹고 싶다."

아타루 씨가 주르륵 늘어놓았다. 음식점에서 일하는 사람답게, 교토의 값싸고 맛있는 가게를 잘 알고 있었다.

아아, 정말 놀러오고 싶은 마음과 나를 걱정하는 마음이 반반이구나, 하고 나는 깨달았다. 정말 균형감 있네, 정말 친절한 사람이야, 하고 생각하면서.

나는 타인에게 이토록 친절하게 대한 일이 있을까. 밑바닥으로 떨어지기 전까지는, 겁이 나고 두려워서 아무것도 보지 않은 채 살았던 게 아닐까.

밑바닥에서는 모두가 앞을 서둘지 않기 때문에 친절할 수 있는 거구나. 그런 생각과 함께 나는 막연하게 꿈속의 할아버지를 떠올리면서 커피를 마셨다.

"아타루 씨는 여자랑 섹스한 적 있어?"

내가 불쑥 물었다.

"뭐야 그 질문은? 혹시 덮치고 싶은 거야? 아침부터? 힘내면 할 수 없는 건 아니지만, 그래도 가능하면 피하고 싶은데……."

아타루 씨는 눈을 동그랗게 뜨고 나를 보았다.

"아니, 그건 절대로 안 돼. 나, 아랫배에 쇠막대기가 꽂혔었는걸. 아직은 기능적으로 그럴 수 없어. 그랬다가는 피 철철 흘리면서 죽을 거야."

물론 거짓말이지만, 사고 후 간혹 누가 꼬시려고 할 때마다 내놓곤 하는 비장의 카드였다. 세상에는 불쌍한 여자에 불타는 남자들이 더러 있는 법이다.

아침 햇살, 커피 향, 살아 있다는 느낌의 미각이 애처로워 나는 스르르 눈을 감았다. 자신의 긴 속눈썹이 보여, 마스카라를 칠했던 젊은 시절을 오랜만에 떠올렸다.

"그래, 큰일을 당했지, 참. 그래서…… 대답은, 응, 있어."

아타루 씨가 대답했다.

"어떤 상황에서? 흥미롭네."

내가 말했다.

"누나가 친구들이랑 방에서 파티를 했는데, 그 자리에 끼었다가. 다들 이런저런 것에 취해서, 열다섯 살 때쯤이었나. 커다란 침대에 뒤엉켜서 자다가 새벽에. 엄청난 미인 셋이서 번갈아 가며 가르쳐 줬어. 다들 미인인 데다 게걸

스럽지도 않아서, 뭐랄까 감미로운 느낌이었어. 꿈같았지."

아타루 씨는 황홀한 표정으로 말했다.

"이런 일은 쉽게 일어날 수 없는 기적이다. 이 사람들, 내일모레쯤 길거리에서 만나도 모르는 척하겠지, 다시 한 번 하고 싶어 하는 표정을 지으면 휑하니 사라져 버리겠지. 그건 알고 있었어, 그러니까 지금뿐이라는 거. 정말 좋았어. 최고의 경험이었지."

"1960년대에 청춘을 보낸 부모들의 자식은 아무래도 낭만적인 사랑에 강박 관념이 있다니까."

"있고말고. 부모들도 아마 죽을 때까지 그럴 테니까. 정열적인 진짜 사랑을 계속할 수 있는 누군가를 여전히 만나고 싶어 하지."

아타루 씨가 말했다.

"하지만 난 이제 여자에 관해서는 은퇴했어. 남자와 사귀고 섹스하는 편이 어느 모로 보나 기분 좋고 마음도 편해. 가게 하면서 좀 인기가 있다고 해서, 생활이 흐트러지면 몸도 일도 끝장이니까. 뭐랄까, 난 욕망에 치이던 시절보다 지금이 더 좋아. 아직 경험 못 한 낭만적인 사랑을 꿈꾸는 것보다는 지금 눈앞에 있는 커피와 경치가 좋

아. 오늘 생긴 일이 좋고 말이야. 돌아가신 어머니의 명복을 비는 나날이 좋아. 이곳을 떠나면 새로 시작될 인생을 준비하기 위해 힘을 비축한다는 이 느낌도 좋고. 여기가 없어지면 그때의 내가 또 어떻게든 하겠지, 그런 나 스스로를 믿을 수 있다는 것도 좋고."

"그래, 무슨 말인지 알 것 같네. 그때그때 해야 할 일을 하는 때의 기분이 제일 소중하다고, 나도 그렇게 생각해. 죽음을 경험하기 전까지는 안 그랬는데, 눈을 뜨고 난 후부터는."

"아마, 푹 잔 거겠지. 잘 쉰 걸 거야. 좋은 곳에서."

아타루 씨가 웃었다.

햇살 속에서 아타루 씨의 속눈썹도 가지런히 아래를 향하고 있었다.

다다미 냄새가 싱그러웠다.

어째서일까, 연인은커녕 연인 후보도 아닌 이 남자가, 늘 쿨하면서도 친절한 이 남자가 첫 경험을 떠올리며 그 분위기에 젖어 방긋방긋 웃는 조금은 행복한 공기, 그것이 내 안에서 앞날과 이어지는 오직 하나였다.

조금도 기댈 수 없는 남자, 임기응변적이고 애매모호

한 성격, 하나도 믿음직스럽지 않다. 그런데도 커피 컵 너머에 있는 그의 싱긋 웃는 입가와 푸석푸석한 머리카락, 그리고 곧게 뻗은 다리는 왠지 모르게 희망 그 자체로 느껴졌다.

무엇으로 이어질지는 알 수 없고, 무엇과도 이어지지 않을 가능성도 컸다.

그럼에도 그의 머릿속에 있는 행복함이 지금 이 순간의 나를 행복하게 했다.

나는 임신하지 않아 낙담했을 때조차, 갓난아기가 있는 신혼부부를 보면서 단 한 번도 질투하지 않았다.

어떻게 그럴 수 있었느냐고? 그 사람은 내가 아니고, 그 아기는 나의 아기가 아니기 때문이다.

그런 때 질투를 느끼는 사람은 부모에게 질투심을 물려받은 것이라고 생각한다. 자신이 어떤 경우에 있든 행복과 갓난아기는 무조건적으로 주위에 힘을 주는 존재다. 부모가 내 머리에 질투심을 심어 주지 않았다는 것이 심신이 허약해 있을 기간에는 특히 고마웠다.

사람의 마음속에 있는 좋은 경치는 왜 그런지 타인에게 큰 힘을 준다.

아타루 씨가 자신의 온실 바에 데려가 준 것은 혼자 사는 생활에도 집 안에서 들리는 자글거리는 소리에도 익숙해진 어느 주말이었다. 그날은 원래 지내던 집이 그리워 가 보려던 참이었다. 그래서 좀 감상적인 기분이었는데, 수많은 식물에 둘러싸여 멍하게 지낼 수 있어 다행스러웠다.

그런 내 기분에 온실 안은 습도도 온도도 마침 적당했다.

사방이 초록으로 가득하고 아련한 냄새가 났다. 태풍이 몰아치기 전 같은, 비 내리는 숲에 있을 때 같은.

사람들은 나무 아래 조그만 테이블에 앉거나 한 가운데 있는 카운터 앞에 서서 손에 손에 음료를 들고 있었다.

사잔카 아주머니의 유령을 꼭 닮은 바텐더는 아타루 씨의 누나였다.

하지만 유령과 달리 근육이 건강하게 붙은 팔과 도톰하고 매끈거리는 입술이 있고, 무거운 잔도 가볍게 쓱 들고, 셰이커도 힘차게 흔들곤 했다.

차이는 그뿐이지만, 살아 있다는 것은 어쩐지 달콤하고 맛있는 일이로구나, 하고 생각했다.

신선한 살…… 나머지는 갓 따 온 수박이나 복숭아 같은, 그런 것뿐이다.

나무와 흙이 많은데도 사방은 정돈되어 있고, 손님들은 소곤소곤 얘기를 나누고, 재즈가 낮게 듣기 좋은 소리로 흐르고 있어, 꿈에 나오는 아름다운 정글 같았다.

이렇게 많은 사람들이 저마다 얘기하고 있는데, 귀에 거슬리지 않았다.

그럴 수 있는 건 모두에게서 좋은 것이 발산되고 있기 때문이다. 여기에 있는 것이 재미나고 비밀을 공유하는 것이 즐겁다는 그런 기분이.

"가게 분위기가 좋네요."

"하는 사람이 즐기고 있기 때문이겠죠. 문을 여는 기간이 한정되어 있으니까. 정말 열을 올려 가며 하고 있어요. 주말을 위해 언제나 분발하고. 마치 1년 내내 바닷가 집 같은 느낌이에요."

누나가 약간 허스키한 목소리로 말하면서 웃었다.

"기타카제 씨, 사진에서 본 어머니와 꼭 닮았어요."

나는 그렇게 말했다. 어머니의 유령을 봤다는 말은 도저히 할 수 없었다.

"정말 좋은 엄마였어요."

기타카제 씨가 말했다.

"동생이 마마보이가 된 것도 그럴 만했다고 생각해요. 나 역시 지금도 엄마가 없다는 게 슬프고 안타까워서, 밤중에 어린애처럼 엉엉 울거든요."

"자식이 그런 식으로 생각할 수 있다니, 정말 대단하네요. 어머니, 행복하실 거예요."

"고마워요. 엄마 역시 인간이었으니까, 물론 짜증도 부리고 화도 냈어요. 설사도 했고 생리도 했고 사랑에도 빠졌고. 하지만, 뭐랄까, 언제 어떤 일에든 고마워할 줄 아는 사람이었죠."

기타카제 씨는 그렇게 명료하게 대답했다.

"두 분이 그런 어머니의 아이라는 걸, 알 것 같아요."

나는 말했다.

나무들의 짙은 냄새와 눅눅한 밤바람이 나를 한층 허망한 기분에 젖게 했다.

아타루 씨는 커다란 소철 잎 너머에서 단골들과 껄껄

웃고 있었다. 그런 그의 모습이야말로 어머니의 유지를 이어 물 흐르듯이 자연스럽게, 휘파람을 불듯 무심히 이 세상에 감사의 기도를 바치는 것처럼 보였다.

살아남은 후에 내가 언제나 느끼는 감정도 바로 그것이었다.

나는 좋은 상황에 있지 않았는지도 모른다.

하지만 저세상의 무지개 같은 빛이 눈 속에 남아 있는 동안은 모든 것이 의미 깊게, 그리고 사람들의 친절이 아주 멀게 느껴져 이쪽에서 굳이 매달리지 않기에 오히려 밤풍경처럼 닿지 않는, 멀리서 펼쳐지는 아름다운 삶의 영위로 보였다.

매달리려는 마음이 없었기에 부모님에게 더욱 고마워할 수 있었다. 살아 있어 주어서, 그리고 내가 살아 있다는 것을 받아들여 주어서 고마웠다.

그것은 종교적인 마음도 아니고 그 사람을 빼앗겼다는 원한을 승화시킨 것도 아니었다.

압도적인 생과 사의 힘을 만나고부터 당연히 물론 모든 것이 하찮게 여겨졌지만, 그 때문만은 아니었다.

이렇게 아름다운 것들 속에서 추한 생각을 할 수 있는

자유가 있다. 예쁜 가게에도 반드시 쓰레기장이 있고 말썽 피우는 손님도 있다. 술을 마시면 기분좋게 취할 수도 있지만 지나치게 마시면 지옥을 보게 된다. 천국이 있으면 언제든 같은 양만큼의 지옥도 반드시 숨겨져 있다.

그 양쪽의 존재를 꼭꼭 곱씹으면서 홀가분하게 여행한다…… 꼴사납게 몸부림치면서, 코에 물이 들어가 꺼억꺼억 토하면서, 뼈가 부러지고, 몸을 앓고, 저주의 말을 내뱉으면서, 그럼에도 균형감 있게 무언가를 볼 수 있는 순간이 찾아올 때를 향해서…… 그런 모든 것이 있는 이 지상의 거대함 속에 잠시 머물 수 있다는 것을, 정말 사치스러운 일이라고 그저 생각했다.

앞으로 몇 번이나 올 수 있을까. 그런 마음으로 찾은 교토의 아틀리에서는, 먼지 냄새가 약간 났다.

처음 한동안은 서글플 정도로 풍기던 그의 냄새가 이제 말끔하게 사라지고 없었다.

나는 낮에 도착하자마자 창문을 열고 환기를 했다.

초여름 오후의 교토는 시원스러운 산 풍경과는 정반대로 무척 덥다. 그래도 바람이 통하자 땀이 조금 식었다.

사람이 죽는다는 건 어떤 것일까. 하늘을 올려다보면서 또 멍하니 같은 생각을 한다.

이제 만날 수 없다. 갑자기 없어졌다. 만질 수도 없다. 몸이 없어졌다……. 어느 것이나 실감이 나지 않는다. 자신은 아직 살아 있기 때문이다.

어떤 것이 이 상태를 가장 위로할 수 있을까. 시간일까, 둔함일까, 새로운 일일까.

남아 있던 대형 작품 몇 가지는 오후가 되자마자 창고 회사와 연계된 운송 회사에서 실어 갔다. 모서리가 있어 포장하기가 힘들었지만, 몇 가지는 분해하고 또 몇 가지는 그대로 포장해서 창문을 통해 크레인으로 내렸다. 그리고 트럭에 실린 작품들은 도쿄의 바닷가에 있는 미술품 전문 창고로 출발했다.

도착해서 점검이 끝나면 나도 요이치의 어머니와 함께 창고에 가서 마지막 확인 작업을 할 계획이었다. 작품을 어디에다 설치하든 앞으로는 도쿄에서 반출할 수 있게 된다. 함께 회사를 운영하는 것처럼 요이치의 어머니와 몇 번이나 연락을 주고받으며 움직이는 것도 무척 즐거웠다.

"휑해졌네요."

그 사람을 돕기 위해 간혹 와 주었던 젊은 남자 미대생. 지금은 다른 곳에서 조수로 일하고 있는 오자키 씨가 말했다. 오늘도 작품의 반출을 거들어 주었다.

"우리 뭐 먹으러 갈까?'

"난 빵을 사 왔는데요."

"나도 아까 모퉁이 가게에서 두부 사 왔는데. 두부랑 빵으로 점심 먹을까? 컵 수프도 있고 하니까."

"그거 괜찮은데요."

바닥에다 신문지를 깔고, 물을 끓여 조촐하게 점심을 먹었다. 작업을 하면서 이렇게 점심을 먹는 분위기도 그리웠다. 언제나 이렇게 요이치와 오자키 씨와 바닥에 앉아 따끈한 호지차를 마시며 음식을 먹었다. 지금은 요이치도 눈앞에 제작 중인 작품도 없지만, 분위기는 그때와 똑같았다.

"우리, 파티라도 할까요?"

오자키 씨가 말했다.

"무슨 파티?"

내가 물었다.

"여기 정리하는 파티. 음악 틀어 놓고 술 마시면서, 요이치 씨의 작품도 늘어놓고서요. 간단히 안주도 먹어요. 의식 같은 걸 안 하면, 방이 다음 사람에게 투정을 부릴지도 모르잖아요. 그리고 다들 요이치 씨와 작별했다는 기분도 안 들 것 같아요."

오자키 씨의 말에 나는 고개를 끄덕였다.

"그래, 그러는 게 좋을지도 모르겠네. 음식은 내가 만들게. 이탈리언 레스토랑에서 그냥 몇 년이나 일한 건 아니니까. 브루스케타와 라자냐를 만들지 뭐. 신세 진 분들도 부르고."

"그래요. 도움을 받은 사람들과 동네 사람들, 그리고 요이치 씨 부모님과 갤러리 사람들에게도 오라고 하죠."

오자키 씨가 말했다.

"하지만 이제 작품도 없는데."

나는 웃었다.

"여기 정원에 있는 거 가져오면 되죠."

그가 말했다. 이사할 때 이곳 정원에 무료로 설치한 작품이 있었다.

"무겁지 않겠어?"

"남자 셋 있으면 어떻게든 될 거예요. 그리고 아마 한 가운데를 분해할 수도 있을걸요."

"그럼, 방 한가운데 둘까."

"이 방 한가운데 있던 그 조그만 테이블은 어떻게 했어요?"

"아, 그건 요이치가 그냥 나무로 적당히 만든 거였어. 그리고 장난으로 사요코 러브, 그런 글자도 새겼고. 그래서 내 방으로 보냈지."

"유품이로군요."

"그래, 유품. 내 걸 삼았지."

나는 웃었다.

"요이치 씨, 쇠와 나무만 있으면 뭐든 만들었으니까요."

"그래. 선반도 만들고, 의자에 자전거 거치대도."

이런 대화를 나누고 있자니, 보슬보슬 비가 내리는 것처럼 마음이 차분해졌다. '지금은 지금'이라는 마법이 보드랍게 하염없이 쏟아졌다.

"나 있지, 지난주에 휴대 전화 대기 화면 몇 년 만에 바꿨다. 그냥, 별생각 없이."

"뭘로 바꿨는데요?"

오자키 씨가 물었다.

"우리 집 근처에 사는 잡종 개. 새끼가 태어났거든. 물론 키우는 사람은 우리 부모님이지만, 나도 집에는 종종 가니까 얼마나 기다려지는지 몰라. 전에 키우던 개가 죽은 후로, 슬퍼서 더는 개를 안 키우겠다고 하셨거든. 그런데 새끼가 태어난다는 소리를 듣더니 갑자기 마음이 바뀌었나 봐. 이제 곧 한 마리 얻어 올 거야. 나도 강아지가 생긴다는 게 정말로 기뻤거든. 임신한 개를 찍어서 나도 모르게 대기 화면으로 바꾼 거지."

"그전에는 물론……."

오자키 씨가 내 눈을 보면서 말했다.

"응, 요이치랑 둘이 찍은 사진이었어. 나도 내가 언제 개 사진으로 바꿨지 싶어서 깜짝 놀랐어. 그렇게 자연스럽게."

"시간은 흘러가니까요."

그가 웃었다. 좋은 웃음이었다.

"요즘에는 뭘 만들고 있는데?"

나는 화제를 바꿨다.

"에칭에 꽂혔어요. 정말 재밌어요. 거의 학교에서 지내고 있죠."

"좋겠다. 나도 다시 미대생이 되면 좋겠네."

요이치와는 좀 더 오래 지내고 싶었다. 이렇게 빨리 헤어질 줄 알았다면, 진작에 결혼해서 아기를 낳고, 벌써 오래전에 싫증이 났다면 좋았을 텐데.

"하지만 사요코 씨는 지금이 전보다 훨씬 멋져요. 난 여친도 있으니까, 어떻게 해 보려고 하는 말 절대 아닙니다."

오자키 씨가 말했다.

"그럼, 위로?"

나는 웃었다.

"아니요. 요이치 씨는 틀림없이 알고 있었을 거예요. 사요코 씨의 진정한 모습."

오자키 씨가 말했다.

"사람의 본질을 단번에 꿰뚫어 보는 사람이었으니까요."

"그래. 그랬을 거야."

나는 말했다.

"그러니까 예전부터 지금처럼 느긋하게 살면 좋았을 텐데. 부모도 안심되고, 학교나 아르바이트 하는 데서도 섞여 들기 쉽게 하고 다니면서, 말도 아끼는 편이 눈에 띄지 않으니까 오히려 자유롭게 움직일 수 있다고 착각했던 거지."

그다음 말은 하지 않았지만, 유령들이 생전 분위기 그대로 어슬렁거리고 한탄하는 모습을 엿보다 보니 나는 점점 더 살아 있는 동안 떨어낼 수 있는 것은 전부 떨어내자고 확실히 생각하게 되었다.

죽어서도 저세상으로 가지 못한 경우의 자신을 상상하면서, 좋아하지도 않는 옷을 입고 거리에 녹아든 모습으로 돌아다니고 있으면 저세상으로 갈 기회를 잃겠다고, 그렇게 되면 요이치를 만날 수 없을지도 모른다고 생각했다. 나의 영혼이라는 것을 알 수 있는 색깔의 깃발을 높이 들고 다시 한 번 할아버지와 사랑했던 개와 요이치를 만나고 싶었다.

언제까지 살 수 있을지 아무도 알 수 없는 세상이 되었지만, 인간이 살아 있음은 한없는 자비 안에서 헤엄치고 있는 것이나 다름없는 것 같다. 걷다가 개미를 꾹 밟는다. 그 정도 확률로 사람이 죽는다. 그렇다면 지금 이렇게 두부의 고소함을 음미하고 있는 자신에게는 굉장한 것이 허락되어 있다는 얘기다. 지금이라는 시간밖에는 없지만, 이 얼마나 풍요로운가.

그렇게 생각했다.

"커피, 끓일까요?"

오자키 씨가 물었다.

"좋지, 진하게 부탁할게."

요이치가 없을 뿐, 나머지는 모두 그대로였다. 시간이 그때로 돌아가는 듯한 느낌이 들었다.

그 시절, 꿈과 패기와 시시한 이야기와 깊은 집중, 눈에 보이지 않는 쇠의 정령들이 내쉬는 숨결, 그의 머릿속에 있던 것이 형태를 이루는 소용돌이, 온갖 생명이 잡다하게 섞여 있었던 그 아틀리에로.

여기나 저기나 텅 빈 방에만 있었는데, 나는 어쩐지 가득 차 있었다.

"교토 쪽 사람들은 아무도 이런 소리 안 하네. 왜 이렇게 뇌수까지 근육으로 똘똘 뭉친 여자처럼 되어서 요이치를 잊었는지."

"말할 리가 없죠. 도쿄 사람들도 그런 소리 안 할 텐데요!"

오자키 씨가 말했다.

"그리고 조수들이나 동네 사람들이나 두 사람을 누구보다 좋아했으니까."

"그런가."

나는 말했다.

"교토를 떠나게 돼서 정말 서운해."

"다들 사요코 씨와 요이치 씨 일을 애석해하고 있어요."

커피 메이커에서 뽀록뽀록 좋은 소리가 울리고, 커피 향이 풍겼다. 그 소리가 마치 선한 기도 같았다.

둘 사이에 지금까지 존재했던 많은 것, 요이치가 작업하던 시절의 수많은 낮과 밤, 유쾌함과 불쾌함, 먹고 마셨던 것, 거리를 달렸던 일과 웃었던 일. 그런 모든 것들의 기척이 둥실 돌아왔다. 그것은 마치 아름다운 안개 같기도 하고 뾰족한 작살 같기도 했다. 지금의 공간을 푹 찔러 사람을 과거로 데리고 가는 옛 꿈의 기척. 교토는 그런 것들로 가득해서 오가는 마음이 가뿐하다.

"앞으로도 요이치의 작품 건으로 일손이 필요해지면, 와 줄 수 있을까?"

"물론이죠. 사람 수가 부족하면, 아르바이트 인맥을

써서 몇 사람이든 데려올게요."

당연하다는 표정으로 오자키 씨가 말했다.

사람의 선의란 이런 때만 베풀어지는 것인지도 모르지만, 엷고 자비롭게, 또 분명하게 존재한다는 것을 나는 사랑하는 사람을 잃고서야 알았다. 간절하게 원했던 때는 얻을 수 없었는데.

지금의 내 눈에는 약간 다른 것이 보인다.

옛날에는 보이지 않던 것이 보인다.

요이치의 조그만 작품에 촛불처럼 예쁜 빛이 뽀얗게 깃들어 있다. 왜 그런지 모르겠지만 나와 오자키 씨의 가슴 언저리에도 같은 빛이 빛난다. 이곳을 떠나면 사라질 빛인지, 계속 따라와 줄 빛인지는 알 수 없다.

다만 그 빛은 녹색이고 아주 연하고 아름답고, 그리고 무언가의 생명임에 분명하다.

만약 이곳을 완전히 떠날 때 정말 파티를 할 수 있다면, 이 빛은 여기에 모인 사람들 모두의 가슴 언저리에서도 빛나 마치 온 방에 반딧불이가 날아다니는 것처럼 보이리라.

나는 음식을 만들고, 모두 술잔을 손에 들고서 저마다

요이치의 추억담을 애기하리라. 창밖에서는 다이몬지 산이 그 광경을 지그시 바라보리라. 한 시대가 끝났다는 사실에 대해서 사람들은 각자의 가슴에 은밀하게 품은 감회를 여유롭게 나누리라.

먹을 것과 술로 배를 채우려는 모임이 아니다. 그 빛이 모이기 위한 모임이다.

어쩌면…… 요이치가 해 온 일의 의미는, 예술이라는 것의 생명은, 무에서 유를 창조한다는 것은, 그런 것인지도 모르겠다고 느끼지 않을 수 없었다.

가령 그것이 반딧불이처럼 조그만 빛이라도, 생명을 지니고 있으며 절대 사라지지 않는다.

"혼자 살고 있어요?"

오자키 씨가 물었다.

"응, 유령 아파트에서."

나는 웃었다.

"나오나요?"

얼굴을 찡그리며 오자키 씨가 말했다.

"응, 늘 똑같은 여자가 있어서, 그냥 사는 사람처럼 생각하게 됐어."

나는 웃었다.

"어디까지 갈 건가요, 사요코 씨."

"글쎄, 어디까지 갈까."

그렇게 한 말이 이제 안녕을 고하게 될 방에 스며들었다.

지금까지 고마웠어, 이제 길을 떠날게. 마음으로 그렇게 생각했더니, 멀리서 다이몬지 산도 고개를 크게 끄덕거린 것 같았다.

"지금, 교토 역의 타워 쪽에 있는데, 긴카쿠지 쪽으로 가면 되나? 아니면 가미가모 신사?"

휴대 전화에서 아타루 씨의 목소리가 들려, 나는 깜짝 놀랐다.

"정말 온 거야?"

"정말 왔지."

아타루 씨가 아무렇지 않게 대답했다.

그 아무렇지 않음을 뭐라 표현하면 좋을까, 정말 아무

것에도 관심이 없고, 그의 안에만 넓은 공간이 있고, 나는 있어도 없어도 상관없는 그 편안함. 이런 느낌을 느껴본 적은 지금까지 한 번도 없었다. 굳이 말하자면, 야외에 설치된 요이치의 작품 옆에 있는 듯했다. 자유를 허락받은 듯했다. 누가 죽었다느니 자신의 몸이 어떻게 되었다느니, 그런 것들을 전부 생략하고 그저 넓은 하늘 아래 있는 듯했다……

그렇게 생각했을 때, 이상한 단어가 뇌리를 스쳤다.

"마치 그때, 그래, 죽었을 때 같은."

불길하네, 하고 나는 생각했다.

누군가의 자유로운 마음은 타인도 자유롭게 한다. 하지만 그러기 위해서는 엄청난 무심함과 강함이 필요하다, 아타루 씨를 알게 되고서 그렇게 생각했다.

"응, 가미가모 신사 쪽으로 와. 신사 앞에서 전화하고."

나는 말했다.

그 시절처럼, 누군가와 교토의 거리를 걸을 수 있다. 밥을 먹으러 가고, 지는 해를 같이 바라보고. 그런 날이 올 줄은 꿈에도 몰랐다. 오자키 씨처럼 내가 정신을 똑바로 차려야 하는 사이도 아니어서, 힘을 쭉 빼고 느긋하게 함께일 수 있을 것이다.

신사의 관람 시간이 이미 끝나, 뾰족한 두 다테즈나[9]는 울타리 너머에 있었다. 마치 현대의 오브제처럼 완벽한 형태를 당당하게 표현하면서.

아타루 씨는 덩그러니 서 있다가 "산책하자." 하고 말했다.

나는 내가 묘하게 웃었다는 것을 느낄 수 있었다.

눈을 약간 찡그리고 입가를 살짝 올리고, 조금 웃었다. 사랑스러운 애완견에게 그러듯, 웃는 얼굴이었다.

"왜 웃는데?"

아타루 씨가 말했다.

"그래, 산책하자. 강이 좋아? 아니면 산? 거리?"

나는 말했다.

"선택할 수 있는 그런 게 여기 전부 있어서 좋군."

아타루 씨가 말했다.

"그런데, 왜 그렇게 웃는데?"

"와 줘서 반갑기도 하고, 도쿄에 나의 생활이 분명하

---

9 신사에서 신령을 상징하여 설치하는 원뿔 모양의 모래 기둥이다.

게 있다는 게 기쁘기도 해서."

"어디 갈까? 아직 밥 먹기는 이르지."

"사우나에 갈까? 좀 움직이면 온천도 있어."

"온천, 좋은데."

나는 근처에 사는 후배에게 전화를 걸어 다 같이 사용하는 고물 경차를 빌리기로 했다. 후배는 오자키 씨의 친구이기도 해서, 순식간에 차를 몰고 나와 주었다.

나는 운전석에 앉아, 구라마 온천으로 가는 길을 오랜만에 달렸다. 일부러 기후네를 경유해서, 아타루 씨에게 관광지 안내까지 하면서.

"이 부근, 사요코 씨가 사고당한 곳 아닌가?"

아타루 씨의 목소리가 유난히 또렷하게 울렸다.

"맞아. 하지만 괜찮아. 떨어뜨린 얼도 주워 와야 하니까."

나는 웃었다.

그 장소를, 나는 휑하니 지나쳤다. 그가 죽은 장소, 나의 전생이 끝난 장소. 열린 창문으로 강물 소리가 아름답게 울리는, 빛은 잘 닿지 않아도 공기가 아주 맑은 강가. 이제 곧 여름, 사람들이 시원한 강가를 많이 찾을 시기의 기운이 느껴졌다.

물론 그곳에서도 아무 일 없이 그냥 휙 지나갔다.

상쾌할 정도로 눈 깜짝할 사이에.

그야 그렇다, 딱히 상관없으니까, 지금의 나로도.

만약 요이치가 돌아온다면, 시간을 돌이킬 수 있다면 무슨 일이든 할 것이다. 정말 무슨 짓이든 할 것이다. 그런 생각만 해도 먹먹해질 정도다.

하지만 그렇지 않다면, 나는 지금의 내가 좋고 지금의 생활도 좋다. 얼은 되찾지 못해도 괜찮다, 그러나 사랑하는 사람들이 모두 오래오래 삶을 누리기를 바란다. 설령 만날 수 없고, 전 세계에 흩어져 있어도 상관없다. 최대한 여러 차례 행복한 시간을 보낼 수 있기를 바란다.

이제 됐어요, 혼이 없으면 없는 대로 살아갈래요, 지금 이대로도 괜찮아요, 지금의 자신에 만족해요. 어떻게든 될 거고, 이렇게 사는 기분도 나쁘지 않아요. 인생이란 안 그래도 애매모호한 일이 많고 명확하지 않은 것들로 가득하니까, 내가 할 수 있는 범위 안에서 가능한 한 그런 부분을 줄여 가고 싶어요. 조금 더 많이, 조금 더 챙겨 볼까 하는 욕심은 이제 넌더리가 나요. 그런 생각을 하지 않고 하루라도 더 살 수 있는 것, 그것이 내가 진심으로 바라는 한 가지 소망입니다.

기쁘지도 슬프지도 않게, 그렇게 생각할 수 있는 것이 기뻤다.

정다운 경치를 다시 한 번 만끽하고 감동할 수 있다는 것이.

구라마 온천의 따끈한 물에 몸을 담그고 바라보는 사방은 짙은 녹음에 싸인 산들이어서 눈이 쉴 수 있었다. 햇살이 쏟아져 덥고, 당시의 기억은 하나도 되살아나지 않았다. 여길 처음 온 관광객과 함께인 탓인지도 모르겠다. 눈이 마냥 초록을 흡수했다. 영양을 섭취하는 것처럼.

나는 잘 살고 있었구나, 실감했다. 그날처럼 온천의 현관 로비에서 다시 만나기로 했는데, 기다리고 있는 아타루 씨의 모습을 보고서 왠지 요이치가 떠올랐을 때만 슬픔이 찡하게 밀려왔지만, 이제 구라마 온천에는 두 번 다시 못 가겠지, 하고 생각했을 때의 슬픔은 사라지고 없었다. 돌아갈 때는 기후네에 들리지 않고 그대로 가모 강을 따라 내려갔다.

오히려 새로운 추억이 하나 늘었다고 생각했다.

밤에는 아타루 씨가 원하는 대로 기야마치에 떡 요리를 먹으러 갔다. 그는 예약해 놓은 호텔로 돌아가고, 나는 아직 처리할 일이 몇 가지 남아 있는 아틀리에에서 잤다. 이런 때, 재워 달라고 하지 않는 점이 어른스러워 또 감탄했다.

떡 요리를 한껏 먹고 다카세 강을 따라 걸었다. 아타루 씨를 따라 나도 관광객이 된 것처럼 기분이 환했다. 그 새로운 기분으로 얼마 전까지 몰랐던 사람과 같이 걷는 교토는 내 안에서 이미 새로이 태어나고 있었다.

다음 날 낮에는 아타루 씨가 친구를 만나러 갔기 때문에, 저녁때 긴카쿠지에서 합류해 나와 요이치의 옛날 산책 코스였던 다이몬지 산에 올랐다.

긴가쿠지 뒤에서 출발해 점차 가팔라지는 언덕길을 오르면 마지막에 경사가 급한 계단이 있다. 천천히 걸어 한 시간 정도면 다이몬지의 '다이(大)' 자 끝에 도착한다. 추석 축제 때 이승을 찾은 죽은 이들의 혼을 다시 저승으로 보내기 위해 불을 붙이는 자리에 앉자 교토가 한눈에 내려다보였다.

물을 꿀꺽꿀꺽 마시고, 우리는 교토의 거리를 바라보았다. 저기가 도시샤 대학의 숲, 저기 저 산에 보이는 글자는 '호(法)' 자. 가리키면서 금색 빛에 싸인 거리가 어둠으로 저물어 가기 직전의 시간을 음미했다. 바람에 땀이 잦아들었다.

"이렇게 높고 아름다운 곳에서 거리를 내려다볼 때 가끔 생각이 나서 그런데, 만약 사요코 씨가 남자 친구보다 먼저 죽었다면 말이야."

아타루 씨가 불쑥 말을 꺼냈다.

"응, 나도 그런 생각 종종 해."

나는 대답했다.

"그래서 남자 친구가 귀여운 여자랑 결혼도 하고, 아기를 안아 주기도 하면, 천국에서 내려다보고 분해할 거야? 솔직하게 대답해 봐."

아타루 씨는 중얼거리듯, 그러나 진지하게 그런 질문을 했다. '개인적으로 지금 무슨 일이라도 있나.' 하고 내심 고개를 갸웃거리면서 나는 대답했다.

"음, 그런 생각이 들기도 하지만, 그 반대보다는 차라리 낫다고, 진심으로 그렇게 생각하는 것 같은데."

나는 말했다.

"그 반대?"

"요이치가 내가 죽었다고 절망해서, 결혼도 하지 않고, 내 사진이나 추억이 담긴 물건을 언제나 옆에 두고, 여자들이 만나자고 해도 거절한 채 곧바로 집에 돌아가서 혼자 밥을 지어 먹고, 혼자서 자고…… 뭐 그런 일은 없겠지만, 만약 내내 그렇다면."

"그럼, 나 같으면 엄청 좋을 것 같은데!"

아타루 씨가 웃었다. 나는 다시 말을 이었다.

"처음에는 나도 그렇게 생각했지. 하지만 그건 나쁜 기쁨이랄까. 상상하면 상상할수록 즐겁지 않았어. 그런 생활 속에서 환기되는 나란 사람의 이미지가 영 불편했어. 배 언저리가. 배에 막대기가 꽂힌 후로, 배에 들어가는 힘에 민감해졌거든, 나."

"하긴 배는 제2의 뇌라고 하니까."

아타루 씨는 내 배를 빤히 쳐다보면서 말했다. 아타루 씨의 얼굴 너머에서도 산비탈과 깊어 가는 녹음이 잘 보였다. 누군가와 함께 있는 교토는 참 좋다고 새삼스럽게 생각했다.

"그래서 곰곰 생각해 봤는데, 만약 그 사람이 젊은 여자랑 결혼해서 아기를 낳고, 매일 맛있는 것을 먹고 살이 피둥피둥 찌고, 정력적으로 창작 활동을 하면서 나를 거의 떠올리지 않는다면, 그야 물론 화가 나겠지. 하지만 그런 와중에 잠시라도 나를 떠올리는 일이 있다면, 가장 흐뭇한 표정으로 나의 가장 좋았던 때 모습을 떠올리며 눈물을 찔끔 흘리거나, 하늘을 올려다보거나, 신에게 내가 좋은 곳에 있기를 빌 거라고 생각해. 아주 잠시뿐일지도 모르지만, 슬픈 마음으로 언제까지나 슬픈 순간의 나를 떠올리는 것보다는 역시 멋진 일이잖아."

"그러니까 네 영혼의 영양을 위해서도 그렇다는 거지. '베이브리지 위에서 유성을 보면, 내 이름을 콜 미 어게인.' 그거네."

"그래, 그거. 그립다! 야나기 조지가 부른 그 노래, 정말 좋았잖아."

나는 웃었다.

"바람 잔 밤에, 거리의 조그만 하늘에 구름이 흐르면,

나를 위해 노래를 불러 줘."

아타루 씨가 노랫말로 답했다.

"보통은 그런 말 들으면, 바보 취급당한 느낌이 들 것 같은데 신기하게 아타루 씨에게는 그런 느낌이 들지 않네. 내가 그 노래를 좋아해서인가. 데마치야나기 다리 위에서 강물을 보면서 자주 떠올렸던 노래야. 그런 느낌이, 내게도, 그에게도 맞지 않나 싶어서."

"어차피 사람은 헤어지게 돼 있으니까 말이지. 언젠가는."

아타루 씨가 한 그 말을 나는 정말 말 그대로 순순히, 쓰윽 받아들였다.

요이치는 레너드 코헨과 미국 음악을 좋아해서 일본 노래는 거의 몰랐는데, 아타루 씨가 그렇게 옛날 노래를 기억하고 있다니, 나는 살짝 기뻤다.

뒷골목 걷는 내 단 하나의 꿈이야. 어두운 흙 속에 묻지는 마.

우리는 나란히 노래했다.

다른 등산객들은 커플의 신나는 데이트라고 여기는지, 히죽 웃거나 힐끔 우리를 쳐다보았다.

누구 하나 몰라도 괜찮아, 나도 내가 뭘 하고 있는지 모르니까.

그 사람들을 향해 나는 아주 선한 기분으로 그렇게 생각했다. 내 기분과 비슷할 정도로 부드러운 바람이 불어왔다.

나는 눈 아래 펼쳐진 교토의 거리를 내 품에 껴안은 것처럼, 드넓은 하늘이 바로 가까이에 있는 것처럼 느끼며 거의 행복이라고 해도 좋을 기분을 맛보고 있었다.

늘 자글자글한 유령 아파트 '가나야마 장'도 아침, 혼자 방에 있을 때는 조용했다.

아파트가 철거되어도, 사잔카 아주머니는 아마 도로를 내려다보고 있을 것이다. 아타루 씨의 마음속에서, 또는 어딘가 다른 차원에서.

유령이 있는지 없는지, 보이는지 보이지 않는지, 산 존재인지 죽은 존재인지, 그런 것은 아무래도 상관없는 일이었다. 착각 같은 것이었다. 어차피 여기 모든 것이 있다. 인간이 멋대로 구분하는 것에 지나지 않는다.

한 번 어긋나고 보니, 모든 게 있었다. 탱탱하게 물을 머금은 이끼도, 그 속에서 꿈틀거리는 미생물도, 태양빛의 은총을 고루 받고 있는 것과 조금도 다르지 않다.

이게 이래 줬으면 하는 기대만 없다면, 모든 것이 다 사랑스러운 동포다.

주위 사람들이 내게 위화감을 느낀다는 것은 잘 알았다. 임사 체험을 한 사람들이 하는 말과 똑같은 말을 하고 있다는 것도 잘 알고 있었다. 그러나 이 열린 마음을 타인에게 전하고 싶어 하는 사람들의 기분도 처절하리만큼 알았다. 그리고 절대 전할 수 없다는 것도.

이곳은 유령의 집, 나는 절반은 유령. 하지만 행복에 촉촉하게 젖어 있었다.

아타루 씨는 오늘도 꼭 돌아올 것이다. 어쩌면 오지 않을지도 모른다. 그러면 우리는 차를 마실 것이다. 아니 어쩌면 마시지 않을지도 모른다. 언젠가는 헤어질 것이다, 그날이 내일일지도 모르고 20년 후일지도 모른다. 미생물이 헤엄치듯, 우리는 대기 속을 헤엄치고 있다. 들러붙고, 떨어지고, 거대해서 잘 알 수 없는 섭리를 따라, 의지를 갖기도 하고 본의 아니게 휘둘리기도 하고 되는 대로 몸을 맡기기도 하고 오기를 부리기도 하고, 모든 것을 살아가는 일의 일부로서.

어느 한구석도 건전하지 않은 사고방식이지만, 살아가고 있다는 것 말고는 달리 표현할 길이 없다. 사람은 결국 어디를 가든 누군가를 만나고, 그 누군가란 생명이 있을 때가 아니면 만날 수 없는 누군가이다.

요이치의 집에 전화를 걸었다.

"오늘 오후 2시에 신바시 역 시오도메 출구에서 만나면 될까요? 그리고 '기리시마 아트의 숲' 건 말인데요, 가는 김에 정말 가족 여행하는 건가요? 몇 박 할까요?"

"아버지가 잘 가는 '시 가이아'에서도 하루 자고 싶은데, 미야자키에서 묵어도 될까."

요이치 어머니가 대답했다.

"그럼요, 제가 알아볼게요."

나는 대답했다. 요이치 어머니도 찬찬히 대화를 이어갔다.

"아버지 친구에게도 부탁해 볼게. 아마 방을 업그레이드할 수 있을 거야."

"기대되는데요. 그럼 저는 기리시마 쪽에만 숙소를 잡을게요. 원래 예정했던 대로 다다음 달 3일부터 5일까지로 하면 되겠죠?"

수첩에 메모하면서 나는 대답했다.

"타르타르 소스 치킨에 토종닭 숯불 구이, 우리 실컷 먹고 오자. 우도 신궁에도 가고 싶네. 요이치가 고등학생 때였나, 거북 바위에 소원 비는 돌을 던졌단다. 지금은 그때 생각이 나도 울지 않겠지."

요이치 어머니는 조금은 신이 난듯 그렇게 말했다.

"난 말이지, 이제 가족 여행 같은 건 못 갈 거라고 생각했어. 앞으로 내내 남편과 단 둘이다, 정말 외롭다, 그렇게 생각했어. 그렇게 공들여 키웠는데, 어쩌다 빼앗겼을까, 그런 생각도 했고. 그래도 좋은 추억이 많이 남아 있으니까 괜찮다는 마음도 먹기는 했지만. 나는 엄마니까, 요이치의 작품 같은 것은 하나 없어도 상관없어, 사실은. 아무튼 요이치만은 남아 있었으면 했어. 그런데 요이치가 사요코를 데리고 왔지 뭐야. 우리가 외롭지 않게, 그랬을 거야."

"네, 그렇게 생각해 주세요. 만약 제가 아이를 낳으면, 손자라고 생각해 주시고요. 약속이에요, 우리 정말 같이 여행 가요."

나는 말했다. 내가 대신 죽었다면 좋았을 텐데, 하고 또 잠시 생각했다. 가슴속이 조금 아팠다. 살아남은 자의 무게가 남아 있었다. 기꺼이 그 무게를 떠안기로 한다.

"늘 심각한 얘기만 해서 미안하네. 사요코가 없었더라면, 우리가 어떻게 됐을지. 이혼했을지도 몰라. 요이치의 작품을 관리하지 못해서, 그 아이가 살았던 증거들이 비바람을 맞고 있었을지도 모르고, 그냥 내버려졌을지도 모르지."

"저는 자유의 몸이니까 조금도 무겁지 않아요. 언제든 요이치 이야기를 들려주세요. 슬프면 제 앞에서 한탄하고 눈물을 흘리셔도 되고요. 아무것도 할 수 없지만, 그런 때 옆에 있어 드릴 수는 있어요. 요이치도 그렇지만, 아버님도 어머님도 제가 정말로 좋아하는 분들이에요. 요이치가 만든 작품 역시 제 아이들이라고 생각하고 있어요."

나는 말했다.

"그리고, 요이치가 살았던 증거는 작품뿐만이 아니고, 그 사람이 이 세상에 분명하게 있었다는 그 자체라고 생각해요."

어머니의 고맙다는 말을 들으면서 나는 살며시 전화를 끊었다.

이 얼마나 풍요로운가. 뭐든지 있다. 살아 있든 죽었든 똑같이, 정말 모두가 뭐든지 갖고 있다. 죽어 보지 않으면 깨닫지 못하는 일인지도 모르겠다. 아마도.

햇볕만큼은 잘 들지만 다다미 풋내가 나는 텅 빈 방에서 나는 그 깨달음을 곱씹고 있었다. 마치 다시마에서 끝없이 맛이 우러나오듯, 생의 기쁨이 온몸을 천천히 휘돌고 있었다. 배 언저리에서 속도가 약간 떨어졌다가 다시 돌기 시작하는 것을 알 수 있었다.

요이치의 작품이 모두 무사히 도착했다는 것을 확인한 후, 요이치 부모님의 청으로 가볍게 저녁 식사를 하고

서 돌아가는 길에 훌쩍 '시리시리'에 들렀다.

카운터에는 오늘도 유령이 앉아 있었다.

지루하기는 하지만 그래도 여기 있고 싶다는 식으로 긴 머리카락을 만지작거리고 있었다.

내가 그녀를 빤히 보고 있었더니, 간단한 안주를 내놓으면서 신가키 씨가 말했다.

"사요코, 그때 거기에 갔다 온 거야? 얼을 되찾았나 본데."

나는 움찔 놀랐다.

"어떻게 알아요?"

"우리 할머니가 무당인데, 그래서 그런가. 나도 조금은 무당기가 있는 것 같아."

그가 담담하게 말했다.

물론 내가 교토에 다녀왔다는 것은 암암리에 알고 있을 테니까, 사고 현장을 지나갔겠지, 하는 추측으로 해본 말일 수도 있었다. 하지만 그는 정말 보인다는 분위기였다. 아무런 망설임 없이, 머리카락에 지푸라기가 묻어 있어, 하는 것처럼, 나를 빤히 보고는 얼에 대해서 얘기했다.

"오키나와에 대해서는 잘 모르지만, 왠지 알 것 같네요……. 그럼, 카운터 저기에 간혹 앉아 있는 여자도 보이는 거예요?"

"응, 그래서 그 자리에는 아무도 앉히지 않는 거야."

신가키 씨가 별일 아니라는 듯이 말했다.

"사요코의 죽은 애인도 늘 보이던걸. 풍채 좋은 아저씨와 함께 걸어 다니더라고."

"어디를?"

나는 돌아보았지만, 아무것도 보이지 않았다.

"항상 보이는 건 아니야. 어쩌다 그런 거지. 지금도 나는 그 사람을 느낄 수 있는데. 그때도, 새 애인이 생기면, 사요코 뒤에 있는 저 남자 참 서럽겠다 싶어서, 시간의 흐름에 눈시울이 찡했지."

신가키 씨가 말했다.

"나도 사요코를 무척 좋아하지만, 그런 일이 다 서글프더라고. 섞이는 건 간단한 일이야. 저세상과 이 세상이. 원래 섞여 있잖아. 과도하게 섞이지 않도록 하루하루의 무상한 생활 속에서 자신을 갈고닦는 거지."

단순한 사실을 어쩌면 이렇게 담담하게 말할까, 하고

나는 생각했다. 하지만 오키나와 사람은 다른 세계를 인정하는 면이 있다고들 하니까, 그래서 나도 여길 이렇게 편하게 생각하나 봐, 하고 술기운이 약간 도는 머리로 생각했다.

"그러니까 술이 좋은 거지, 술집이 좋은 거고. 모두가 조금은 짐을 내려놓을 수 있잖아. 그리고 아주 조금은 저쪽 세상과 섞여도 좋은 장소잖아. 과음만 하지 않으면 정말 의미 있는, 좋은 곳이야."

신가키 씨가 싱글거리면서 말했다. 그러다 약간 진지한 표정을 짓고는 다시 말을 이었다.

"늘 저기 앉아 있는 사람, 우리 누나야. 죽었어. 내 눈에는 가끔만 보이지만, 한잔하러 와서 가게를 지켜 주는 거라고 생각해."

"무슨 말을 하면 좋을지…… 미안. 나 혼자만 괴롭다는 표정으로 여기 앉아 있지 않았나 모르겠네요."

"술집에서 그런 표정 짓지 않으면 어디서 짓겠어."

"그 말도 맞지만, 어리광을 피운 건지도 모르죠."

나는 반성했다.

"사요코, 그 게이 오빠 좋아하지?"

신가키 씨가 물었다.

"좋아하지만, 이성으로서는 아니에요."

나는 말했다.

"지금은 누구도 좋아할 수 없어요. 미망인 같은 처지인걸요."

"나 역시…… 사요코가 마음에 없다고 하면 거짓말이겠지만, 그건 단순히 카운터 이쪽과 그쪽의 관계이지, 그저 위안을 얻으려 할 뿐이야. 사요코를 보면 살아 있다는 게 참 좋은 거구나 싶어서 마음이 평안해져. 사요코가 한번 죽었던 적이 있는 사람이라서 그런지, 다른 사람보다 한결 살아 있는 것처럼 보이거든."

신가키 씨의 말에 마치 차이기라도 한 것 같은 기분이 순간적으로 엄습했다.

이런 기분이 끓어오르다니, 그러니까 내 몸에 산 피가 흐르고 있다는 증거라고, 나는 내 몸을 꼭 안아 주고 싶은 충동을 느꼈다.

"그건 고마운 일이죠. 조금이라도 다른 사람에게 도움이 될 수 있다면."

나는 잠자코 아와모리를 마셨다.

새로운 인간관계의 발랄한 맛이 났다.

카운터는 밤의 어둠 속에 반짝거리고, 유리잔 속의 얼음이 유난히 투명하게 빙산처럼 웅장하게 보였다. 취했다는 증거였다.

나는 말없이 얼음을 보고 있었다. 죽었다면 볼 수 없었을, 눈앞에 있는 순간의 빛이었다. 얼음은 녹아 물이 되고, 멈추지 않는 것의 아름다움을 보여 준다.

마침내 무슨 얘기 중이었는지 가물거릴 즈음, 그가 말했다.

"세 살 위인 누나가 집에 온 건, 아버지가 죽었을 때였어. 나는 그때 열다섯 살이었지. 아버지의 숨겨진 자식이었는데, 어머니는 따지지 않고 거둬 주었어. 당시 중학생이었던 내 눈에 누나는 정말 미인이었지. 그냥 한눈에 반하고 만 거야. 나는 누나에 대한 내 마음을 스무 살 때까지 감추고 살았어. 누나도 나에 대한 마음을 줄곧 숨기고 있었고. 누나가 서른 살이 될 때까지 우리는 손 한 번 잡지 않았어. 하지만 마음은 나누고 있었지. 누나가 맞선을 보게 되었을 때, 우리 둘은 도망쳤어, 도쿄로. 누구보다 자상했던 어머니를 버리고. 아무도 모르게 부부

행세를 하면서 조그맣게 가게를 운영했지. 처음에는 시부야의 고가 아래였어. 그리고 우리의 아이, 아무 문제 없이 태어난 아들을 남겨놓고 누나는 교통사고로 죽고 말았어. 고향에는 묻을 수가 없었지. 그래서 도쿄의 묘지에 매장했어. 누나가 죽어 홀아비가 된 지금, 어머니는 모든 것을 받아들이고 친척들에게는 비밀에 붙인 채 1년에 몇 달은 이쪽에 와서 살림을 도와주고 있어. 물론 말하고 싶어도 할 수 없는 원망과 분노가 있겠지. 사실 앙금이 다 없어진 것도 아니야. 하지만 아이가 귀여우니까 보류하고 있는 거겠지. 그러다 무슨 일이 생기면 봇물 터지듯 터질지도 모르겠지만, 그렇게 되지 않도록 다들 조심조심 살고 있어. 그래서 더욱 사요코가 마음에 걸리는지도 모르지. 교통사고였으니까. 그래, 어떻게 사는지 드러내고 싶지 않아서 말하지 않았는데, 나, 열 살짜리 남자 아이가 있어. 여기서 일 끝내고 집에 돌아가면 새벽 1시부터 난 아빠야. 그러니까 이렇게 힘든 일도 열심히 할 수 있는 거지."

"그랬군요."

나는 그 말밖에 할 수 없었다.

그리고 둘 다 침묵했다.

내 눈에서 뜨거운 눈물이 볼을 타고 카운터로 떨어졌다. 몇 방울이나.

그 여자는 카운터 앞에 앉아 이쪽을 보고 있었다. 그 눈이 여느 때보다 한결 자애로워 보였고, 어째서인지 조금은 행복한 것처럼 보였다.

뭐야, 내가 틀렸잖아. 내 눈이 오만했던 거야, 그렇게 생각했다.

"다음에 아들 만나게 해 줘요."

나는 말했다.

"나도 언제든 맡아 줄 테니까요. 데리고 놀러도 갈게요. 그리고 오후에는 한가하니까 학교에서 데리고 올 수도 있다고요. 도와줄게요."

"응, 고마워."

서로에게 어렴풋 호감을 느끼는 이성이라는 미지의 틀도 좋았지만, 그보다 한결 좋은 느낌의, 무슨 동지인지는 모르겠지만 일단은 동지로 그가 돌아왔다. 그런 생각이 들었다.

내가 딱 하나 갖고 있는 동경과도 같은 빛나는 것, 그

것은 어느 누구도 없앨 수 없다. 그것을 떠올리자 아타루 씨와 산 위에 있었을 때처럼, 이런 노래가 있었던 것 같은데, 하는 생각이 들어 나는 웃었다.

"우리 앞에 아직은 아무도 모르는 신비한 낮과 밤이 기다리고 있겠지."

그런 가사의 노래였다.

"얼이 돌아와 그런지, 역시 사요코는 웃는 얼굴이 좋군. 되찾으려고 아등바등하지 않아서, 오히려 그쪽에서 멋대로 슬쩍 돌아왔나 봐."

산을 보듯이, 바다를 보듯이, 무지개를 보듯이, 평등하고 가차 없는 눈빛으로 신가키 씨가 말했다.

"과연 정말 돌아왔을지."

나는 말했다. 그리고 웃었다.

"하지만 정말, 어느 쪽이든 상관없어요. 나, 지금 이렇게 여기 있는걸요."

작가의 말

2011년 3월 11일의 대지진은 피해 지역의 사람들뿐만 아니라 도쿄에 사는 나의 인생에도 큰 변화를 초래했습니다.

감지하기가 쉽지 않겠지만, 이 소설은 온갖 장소에서 이번 대지진을 경험한 사람, 산 사람과 죽은 사람 모두를 향해 쓴 것입니다.

어떻게 써도 가볍게 느껴져, 한때는 어떻게든 무거움을 담기 위해 피해 지역에 봉사를 하러 갈까 하는 생각까지 했습니다. 그러나 생각하면 생각할수록, 지금의 자리에 머물러 이 불안한 나날 속에서 쓰는 것이 옳다고 생각하게 되었습니다.

'이렇게 얄팍하고 발랄한 소설로 뭘 안다고.'

그렇게 생각할 사람도 많겠지, 하고도 생각했습니다.

하지만, 수많은 사람들이 납득할 수 있는 거창한 것이 아니라, 나는 내 소설을 읽고 위안을 얻는, 왜 그런지 몰라도 마음이 든든해진다는, 그런 소수의 독자를 향해서, 조그맣게 그러나 야무지게 써 나갈 수밖에 없다고 생각했습니다.

만약 이 소설이 마음에 와 닿아, 잠시나마 숨을 쉴 수 있었다는 사람이 한 분이라도 있다면, 나는 그걸로 족합니다.

읽어 주셔서 감사합니다. 그저 감사하게 생각합니다.

요시모토 바나나

작가의 말

옮긴이 김난주

1987년 쇼와 여자대학에서 일본 근대문학 석사 학위를 취득했고, 이후 오오쓰마 여자대학과 도쿄 대학에서 일본 근대문학을 연구했다. 현재 대표적인 일본 문학 전문 번역가로 활동하며 다수의 일본 문학을 번역했다. 옮긴 책으로 요시모토 바나나의 『키친』, 『하드보일드 하드 럭』, 『하치의 마지막 연인』, 『암리타』, 『불륜과 남미』, 『하얀 강 밤배』, 『슬픈 예감』, 『아르헨티나 할머니』, 『왕국』, 『무지개』, 『데이지의 인생』, 『그녀에 대하여』, 『안녕 시모키타자와』, 『막다른 골목의 추억』, 『사우스포인트의 연인』, 『도토리 자매』 등과 『겐지 이야기』, 『모래의 여자』, 『가족 스케치』, 『훔치다 도망치다 타다』 등이 있다.

스위트 히어애프터

1판 1쇄 펴냄 2015년 5월 1일
1판 9쇄 펴냄 2022년 10월 27일

지은이   요시모토 바나나
옮긴이   김난주
발행인   박근섭·박상준
펴낸곳   (주)민음사

출판등록 1966. 5. 19. 제16-490호
주소   서울시 강남구 도산대로1길 62(신사동)
         강남출판문화센터 5층 (우편번호 06027)
대표전화 02-515-2000 | 팩시밀리 02-515-2007
홈페이지 www.minumsa.com

한국어 판 ⓒ 민음사, 2015. Printed in Seoul, Korea

ISBN 978-89-374-3176-0 (03830)